IFAN JONES A'R FEDAL GEE

Ifan Jones a'r Fedal Gee

HARRI PARRI

Argraffiad cyntaf Hydref 2012

ISBN 978-1-907424-35-9

Mae'r cyhoeddwr yn cydnabod cefnogaeth ariannol
Cyngor Llyfrau Cymru.

Cynlluniwyd y clawr gan Ian Griffith

Cyhoeddwyd ac argraffwyd yng Nghymru
gan Wasg y Bwthyn, Caernarfon

CYNNWYS

I GOFIO 'HUW Y FET', GŴR TEULU A CHYNEFIN,
DYN POBL, UN O DDAWNSWYR TALOG A
CHWARDDWR PAROD YN Y BABELL LÊN

CYDNABOD

Dros ddeugain mlynedd yn ôl, bellach, penderfynais i greu byd y medrwn i ddianc iddo pan fyddai'r gyrru'n galed; byd ysgafala – 'nid oes yno neb yn wylo, nid oes yno neb yn brudd' – a byd lle mae dau a dau'n debygol o wneud pump. Fy mraint i dros y blynyddoedd – diolch i radio a theledu, Pabell Lên yr Eisteddfod Genedlaethol a darllenwyr – fu cael rhannu'r byd hwnnw gydag eraill. Mae fy nyled i'n fawr i'r rhai a wnaeth hynny'n bosibl – John Ogwen yn fwy na neb arall. Wedi deunaw mlynedd mae o'n adnabod Porth yr Aur, y dref a'i thrigolion, gystal, os nad gwell, na'r awdur ei hun. Wedi'r cwbl, fo roddoddd iddyn nhw'u lleisiau a'u hunaniaethau. Dyna pam, mae'n debyg, fod eu hamseru nhw bob amser mor berffaith.

Bûm innau ar ofyn yr un bobl a'r un sefydliadau ag o'r blaen am gymorth a hoffwn fynegi fy niolchgarwch. Diolch i Gyngor Llyfrau Cymru am gefnogaeth y blynyddoedd (pedair cyfrol ar ddeg, anodd coelio) ac i Wasg y Bwthyn am barodrwydd i gyhoeddi'r gyfrol hon eto. Gyda llaw, yr un wasg fu'n argraffu'r deunydd gydol yr amser er i'r cwmni cyhoeddi newid. Fel gyda chyfrolau blaenorol, diolch i'r Dr W. Gwyn Lewis am loywi'r iaith, i Arwel Jones am ddarllen y gwaith ar fy rhan ac i Ian Griffith am baratoi lluniau a chlawr. Diolch i *Cwmni Da* am y darlun ar gyfer y clawr cefn ac i Gwenllian Griffith, Cynhyrchydd y gyfres *Straeon John Ogwen gyda Harri Parri*, am ei sylwadau.

HARRI PARRI

1. Y BAPTISMAL

'Wel, y cwbl fedra i 'neud, Jac, ydi rhoi'r matar gerbron y Cyfarfod Blaenoriaid a nhw, hyd y gwela i, fydd yn penderfynu'r cam nesa.'

'Wel deudwch 'mod i'n dymuno Nadolig llawan i bob un ohonyn nhw.'

'I bwy?'

'Diawl, i'r Blaenoriaid 'te! 'Gin i feddwl mawr ohonyn nhw i gyd, does?' Ac roedd hynny'n glamp o gelwydd.

'Ond mis Gorffennaf ydi hi rŵan, Jac. Nid mis Rhagfyr.'

'Wn i. Ond mi fydda i'n lecio bod o flaen amsar, os medra i.' Ddau Sul ynghynt roedd hi'n ddeng munud wedi ar Jac yn agor drysau Capel y Cei ar gyfer oedfa oedd i fod i ddechrau am ddeg.

'Ond dipyn o strygl fydd hi, ma' gin i ofn,' pwysleisiodd y Gweinidog, rhag ofn i Jac gyfri cywion cyn iddyn nhw gael eu deor. 'Mae o'n gais reit anarferol, mae'n rhaid deud.'

'Bosib.'

'A chithau heb fod yn addoli hefo ni ers tro byd.'

Synhwyrodd Jac Black fod y drws yn fwy cyfyng nag y tybiodd a dechreuodd gyfiawnhau'i hun, 'Cofiwch, mi rydw i wedi mynd i yfad llawar llai nag y bûm i.'

'Dda gin i glywad hynny.'

'Dim ond cwrw ar gyfar plant fydda i'n yfad rŵan,' ac arwain llygaid y Gweinidog at gan o *Alcopops* oedd ar fwrdd y gegin wrth ochr y *Racing Times*. 'Ac mi rydw i wedi rhoi'r sein "Dim Rhegi" hwnnw'n ôl yn y ffenast gefn.'

Roedd Eilir wedi sylwi ar hwnnw wrth iddo fesur ei ffordd o'r ddôr a arweiniai o'r stryd i'r drws cefn ac wedi sylwi, hefyd, fel roedd haul sawl haf wedi gwanio'r llythrennau hyd at fod bron yn annarllenadwy. Unwaith, bu gan Jac fersiwn Saesneg estynedig yn y ffenestr ffrynt, *'No Swearing or Spitting'*, hyd nes i blant tlawd ardal yr Harbwr ddechrau'r arfer budr o boeri at y ffenestr wrth fynd heibio ac i honno fynd yn llysnafedd i gyd.

Wedi ychydig eiliadau o dawelwch aeth Jac ati i ddirwyn ychydig o atgofion. 'Mi gafodd Mam, 'rhen dlawd, fedydd trochiad, yn ogystal.'

'Musus Gwen Black, felly.'

'Miss!' pwysleisiodd Jac. 'Yn anffodus ddaru Mam roi'r drol o flaen y ceffyl. Yn hyn o beth, roedd hi fymryn o flaen yr oes 'swn i'n ddeud.'

'Yn y Capal Batus y cafodd hi'i bedyddio?' holodd y Gweinidog, yn methu â meddwl am fan cyfleus arall ym Mhorth yr Aur i gynnal sacrament o fedydd.

'Yn y môr.'

'Yn y môr, ddeutsoch chi?'

'Ia'n tad. Gin ryw brygethwr o'r Sowth fydda'n arfar â phregethu yn yr Harbwr ar dywydd braf. Roedd hwnnw'n 'u dipio nhw yn y môr yn syth ar ddiwadd oedfa.'

'Ond mi gafodd eich mam ddillad pwrpasol, debyg, ar gyfar y gwaith?' holodd y Gweinidog yn ofni'r gwaethaf.

'Dydw i newydd ddeud wrthach chi iddi ga'l 'i throchi yn y fan a'r lle! Na, mi gafodd Mam, druan, 'i bedyddio yn 'i blwmar.'

Gwridodd Eilir o glywed am y fath anffurfioldeb beiddgar ac yna beio'i hun am lithro i ddychmygu'r fath olygfa ddi-chwaeth.

Sylwodd Jac ar annifyrrwch y Gweinidog a mynd ati i'w anesmwytho ymhellach, 'Dew, peidiwch â styrbio'ch hun gam ymhellach. Dyna oedd 'i arfar o, ylwch,' a daeth gwên ddrygionus i lygaid yr hen longwr. 'Cofiwch, roedd o'n rhoi'r part ucha o'r golwg yn y dŵr cyn gyntad â phosib . . .'

'Wel oedd, gobeithio.'

'Yna, pan fydda fo'n 'u codi nhw i'r wynab, wedyn, roedd o'n trio gofalu bod 'u pen-olau nhw at y traeth a'u ffrynt nhw'n wynebu Sir Fôn.'

Ffyrnigodd ysbryd y Gweinidog o glywed Jac Black yn trafod mater mor gysegredig gyda'r fath hyfdra a phenderfynodd geisio oeri ychydig ar ei frwdfrydedd, 'Fel deudis i, matar i'w ystyried ydi'r peth ar hyn o bryd. Be wn i be ydi'ch cymhellion chi?'

'Be ydi be?'

'Be ydi'ch rhesymau chi dros ofyn imi'ch bedyddio chi?'

'O! Wel, ma'r manylion gin Miss Tingle, ar gefn enfilop.'

'Miss Pringle.'

'Sut?'

'Pringle. Miss Pringle sy'n byw drws nesa ichi. Nid Miss Tingle!'

'Diawl, dyna ddeudis i 'te,' arthiodd Jac â'r dyn newydd a oedd ynddo'n heneiddio'n gyflym iawn. 'Dew, dynas dda, Miss Tingle. Dynas agos i'w lle. Hi, ylwch, sy wedi 'nghymall i ofyn am imi ga'l fy medyddio.'

Er pan ddaeth y nodyn Saesneg iddo hefo fan bysgod Owen C. Rowlands – Now Cabaitsh i bawb yn y dre – roedd Eilir wedi amau bod gan Bettina, cymdoges Jac, fys yn y brywes: 'John Black, me next door neighbour, wishes to be babtised. In water.' Fel tasa hi'n arfer i fedyddio pobl mewn Coca-Cola neu sudd oren.

Aeth blynyddoedd heibio er y dydd y glaniodd Bettina Pringle ym Mhorth yr Aur a hynny fel o unman. Gwraig yn ei phedwardegau cynnar oedd hi bryd hynny, ond yn edrych yn llawer hŷn na'i hoed, hefo gwallt wedi gwynnu'n gynnar yn gynffon merlen i lawr i hanner ei chefn a bob amser mewn gwlân. Wedi treiglo o le i le am gyfnod, mudodd i fyw am y pared â Jac yn 3 Llanw'r Môr. Yna, wedi cael ei chefn ati fel petai, agorodd nyth dryw o siop yn gwerthu bwyd iach ym mhen draw'r Harbwr. O ran pryd a gwedd hysbyseb wael iawn i'r busnes oedd Bettina ei hun, yn llwyd fel uwd ac yn denau fel weiren ffiws. Y sôn oedd ei bod hi'n byw ar gaws gafr ond bod hwnnw'n mynd drwyddi fel dŵr drwy beipen.

Roedd perthynas Jac Black a Bettina Pringle hithau'n ddirgelwch llwyr i'r Gweinidog, fel i bawb arall yn y dre. O ran ei fuchedd, torrai Jac bob rheol y glynai Bettina wrthi ond fe'i canmolai i'r entrychion, hyd yn oed yn ei ddiod, a hynny hyd at syrffed. Ar ei chymhelliad hi âi Jac i eithafion ffydd, yn cynnwys tröedigaeth danbaid, ond un a oerodd dros nos, a dioddef yr hunllef boenus o Cecil yn tatwio darn o adnod – un a gamsillafwyd, mae'n wir – i groen tyner ei frest. Bellach, fel roedd hi'n amlwg, roedd o am fynnu bedydd trochiad.

Wedi cael ei faen i'r wal, fel y tybiai, roedd Jac yn awyddus i gael cefn y Gweinidog, 'Wel peidiwch â gadael i mi'ch cadw chi ymhellach,' hintiodd, yn hanner codi o'i gadair, 'er cymaint dw i'n mwynhau'ch cwmni chi. Dew, does dim byd gwell gin i na chael sgwrs hefo gweinidog' – a dyna beth oedd rhagrithio. 'Ond yn anffodus, a fy nghollad i fydd o, dw i isio picio i'r 'Fleece'.'

'I'r 'Fleece'?' holodd y Gweinidog wrth godi o'i gadair yntau. 'Ond dydach chi newydd ddeud wrtha i eich bod chi'n ddyn newydd.'

'Diawl, dyna pam dw i'n mynd yno!'

'O?'

'Mynd yno i genhadu dw i 'te.'

'O! Wela i,' ond ddim yn llyncu'r stori.

'Fel ma' Miss Tingle yn deud, yn fan'no mae fy maes cenhadol i rŵan. Mi wyddoch am Oli Paent?'

'Gwn.'

'Ac mi wyddoch am wendid yr hen Oli? Ond hwyrach na wyddoch chi ddim, chwaith. Wel, sut y deuda i wrthach chi? Dydi oglau can cwrw gwag yn ddigon i yrru Oli'n chwil bitsh. A mynd yno ydw i, ylwch, i' gadw fo rhag syrthio. Wel yn llythrennol felly, amball dro.'

'Dyna fo 'ta, 'na innau ddim "sefyll yn ffordd pechaduriaid".'

Ond roedd yr idiom Beiblaidd yn un diarth i Jac, 'Dew, mi fydd yna gythral o le yn y 'Fleece' heno 'ma, pan ddeuda i wrth yr hogiau 'mod i'n mynd i ga'l fy anrhydeddu gin y Capal. Dyna ni 'ta,' yn prysuro'r Gweinidog ar ei daith, 'mi'ch gwela i chi eto, ylwch, pan fyddwch chi'n fy ngwllwng i i'r dŵr.'

Ond cyn ymadael ceisiodd Eilir feddwl am un rhwystr arall y gellid ei luchio ar lwybr Jac rhag ofn iddo ddychmygu bod ystyriaeth yn gyfystyr â chaniatâd. Cydiodd mewn gwelltyn, 'Ond hwyrach eich bod chi wedi ca'l eich bedyddio'n barod, Jac? Yn blentyn.'

'Naddo'n tad. Er mi 'nath Mam aplicesion i'r hen Richard Lewis, y peth hwnnw oedd gynnon ni o'ch blaen chi, wedi iddi fod tu ôl i'r Cwt Band, ond troi'r cais i lawr 'nath o. Mwya'r piti.'

Pan oedd y Gweinidog ar gamu allan i'r iard gefn rhuthrodd Jac Black yn ôl i'r hances poced o bantri a oedd ganddo. 'Daliwch arni am eiliad!'

Dychwelodd yn wên i gyd ac yn ei hafflau ddwy facrell, dwy a fu o'r môr ers sawl llanw, yn gorwedd ar dudalen wleb o'r Porth yr Aur *Advertiser* ac yn llygaid i gyd. O glywed y fath ddrewdod hyfryd, agorodd Cringoch, y cwrcath strae, un llygad melynwyrdd a dechrau mewian am damaid o facrell. O weld blaen welington Jac yn bygwth mynd at yn ôl cododd o'i hirgwsg a cherdded yn llewpard i gyd am yr iard gefn i ddal ei gysgod.

'Rwbath bach ichi, ylwch, yn dâl am eich caredigrwydd mawr tuag ata i. Ro'n i wedi meddwl dŵad â nhw draw ddiwadd yr wsnos. Ond mi 'nân swpar i Musus a chithau. Dim ond ichi fynd ati i' ffrio nhw yn go handi. Neu mi fyddan wedi ffendio'u ffordd yn ôl i'r môr.'

'Does dim rhaid i chi, Jac,' ebe'r Gweinidog gan gydio'n ych-â-fi yn y dudalen oeliog, ei lapio am y ddwy facrell a gwthio'r parsel yn ofalus i boced ei gôt law. 'Dydw i wedi addo dim ichi eto, dim ond addo gneud 'y ngorau.'

'Dydi gair gweinidog yn ddigon i mi,' ebe Jac yn rhagrithiol. 'Hwyl ichi rŵan.'

* * *

Wedi camu dros y darnau moto-beic oedd ar hyd a lled yr iard gefn, stryglo drwy'r ddôr gyfyng unwaith yn rhagor a chychwyn cerdded i gyfeiriad y dre teimlai Eilir fel y 'Gŵr â'r Fantell Fraith' – ond nad llygod a'i dilynai. O'r cwteri ac o'r cefnau dylifai cathod ar gathod, yn swnian a mewian, yn crefu ac erfyn, yn ymliw a gofyn am damaid o facrell:

> Rhai gwynion, rhai gwinau,
> Rhai tewion, rhai tenau,
> Yn rhuthro i'r golau o'r siopau a'r tai . . .

Musus Derlwyn Hughes oedd yr unig un a oedodd ddigon i daro sgwrs hefo'r Gweinidog. Ond un hynod o fer a fu honno. Fel Cringoch yn gynharach, ffroenodd hithau'r awyr, 'Wedi bod yn pysgota ydach chi, Mistyr Thomas?'

'Ia . . . nagi.'

'O? Rhaid bod siwrej y dre 'ma wedi blocio eto,' a chwilio yn ei handbag am fymryn o hances boced. 'Pw! Gwdbei, Mistyr Thomas, cariad.'

'Y? Pnawn da, Musus Derlwyn Hughes.'

Mae hi'n dipyn o gerdded ar i fyny o'r Harbwr at dŷ'r Gweinidog, ar hyd stribyn o'r Stryd Fawr, heibio i rai siopau, troi i'r chwith wrth y *Lingerie Womenswear* ac yna i fyny'r Grisiau Mawr at y tai sydd uwchben y bae. Yn raddol, ciliodd y cathod yn ôl am eu cynefinoedd; tir heb ei farcio allan oedd tu hwnt i'r Grisiau Mawr a chathod eraill a drigai yn y wlad honno. Wedi cyrraedd at y tŷ aeth Eilir ar ei union i'r ardd gefn, agor drws y cwt allan, cydio mewn rhaw a mynd ati'n syth i gladdu'r ddwy facrell cyn i'r oglau ddechrau ypsétio'i gymdogion. Y drwg oedd bod yr hyn a oedd yn ddrewdod pur i'r hil ddynol fel *Chanel* i Brandi, yr ast ddefaid, ac yn ei gyrru'n benwan. Unwaith roedd y Gweinidog wedi claddu'r pysgod roedd Brandi yn mynnu'u hatgyfodi. Ond, wedi cryn fygwth, llwyddodd i roi haenen o bridd dros y gweddillion a gosod clamp o garreg ar y bedd i atal atgyfodiad pellach. Wedi cadw'r rhaw yn y cwt aeth i'r tŷ i dynnu'i gôt law a golchi'i ddwylo.

Fe aeth hi'n hanner awr arall neu well cyn i Ceinwen gyrraedd, yn drymlwythog o negesau ac wedi hen flino.

'Gymi di banad, Cein, taswn i'n cynnig gneud un i ti?'

'Diolch.'

Â'r ddau yn eistedd i lawr i'r baned dechreuodd Ceinwen, fel Cringoch, Daisy Derlwyn Hughes a Brandi'n gynharach, ffroeni'r awyr, ''Ti ddim wedi sathru ar ddarn o bysgodyn na dim, Eilir?'

'Fi?' a cheisio swnio'n ddidaro. 'Naddo.'

'Wn i,' a chael gweledigaeth. ''Ti 'di bod lawr yn y dre 'na?'

'Do.'

'Ac mi ge's ti bas adra yn fan bysgod Now Cabaitsh, ac ma'r oglau'n dal . . .'

'Naddo. Ei cherdded hi 'nes i, i lawr ac i fyny.'

'Codi o'r Harbwr mae o felly.'

'Be?'

'Yr oglau drwg 'ma.'

Bu eiliad o saib yn y sgwrsio a'r ddau'n yfed eu te.

'Welist ti rywun o bwys pan oeddat ti ar dy drafals?' holodd Ceinwen.

'Dim ond Jac.'

'Jac Black?'

'Ia.'

'Rhywun o bwys ddeudis i!'

'Roedd o wedi gofyn imi alw hefo fo tasa gin i funud neu ddau i' sbario.'

'Be oedd yn poeni hwnnw 'ta? Os 'di hi'n iawn imi holi.'

Penderfynodd Eilir mai gollwng y gath o'r cwd fesul darn a

fyddai orau iddo a pheidio â manylu gormod. Go brin y byddai Ceinwen, a faged yn Fedyddwraig ac oedd yn dal felly o ran argyhoeddiad, o blaid trochi Jac Black. 'Wel yn un peth, mi roddodd o ddwy facrell yn bresant inni.'

Newidiodd Ceinwen ei thiwn yn y fan a'r lle, 'Wel chwarae teg i'w galon o. Y feri peth. Mi 'nân yn iawn inni i swpar,' a chodi o'i chadair. 'Mi a' i ati i llnau nhw'r funud 'ma, tra bydd y te 'ma'n oeri.'

'Ceinwen, dal dy ddŵr am funud, fel bydd Shamus Mulligan yn deud. Doedd y mecryll ge's i gin Jac Black ddim ffit i'w taflu'n ôl i'r môr heb sôn am 'u ffrio nhw. Doeddan nhw'n gynrhon byw. Dw wedi'u claddu nhw, yn barchus, yn yr ardd gefn. Dyna, hwyrach ydi'r oglau 'ti'n glywad.'

'Wel, y cena iddo fo!' a newid yn ôl i'w thiwn arferol. 'Mi ddylwn wbod yn well.'

'Cofia, dydi'r hen Jac, mwy na neb arall ohonon ni, ddim yn ddrwg i gyd.'

'Be 'ti'n feddwl?'

'Wel, ar hyn o bryd mae o'n chwarae hefo'r syniad . . . ond dim ond chwarae hefo'r syniad cofia, o neud cais am ga'l bedydd trochiad.'

'Bedydd cred?' ac aeth llygaid Ceinwen yn soseri ehedog. 'Jac Black? Y sacrament gysegredig honno!'

'Gwranda Cein bach, dim ond cais cychwynnol ydi o ar hyn o bryd. Rwbath i'r Blaenoriaid i'w drafod, gan bwyll. A 'ro'i 'mhen i' dorri ma' gwrthod y cais 'nân nhw.'

Ond arfer gwraig y Gweinidog oedd crogi'n gyntaf a holi am y dystiolaeth yn nes ymlaen. 'Ga' i ofyn cwestiwn iti, Eilir?'

'Cei.'

'Pam na fedri di fod yr un fath â phawb arall?'

'Be 'ti'n feddwl?'

'Yn dysgu yn ysgol profiad. Sawl gwaith ma'r Jac Black 'na wedi dy neud ti'n bric pwdin?'

'Ond perthyn i'r gorffennol ma' pethau felly, Ceinwen.

Dydi o wedi ca'l tröedigaeth, tydi? Mae o'n ddyn newydd,' ond yn amau hynny'i hun.

'Tröedigaeth ddeudist ti?'

'Ia . . . o fath.'

'Dyn newydd! Mae o 'di ca'l cymaint o dro, Eilir bach, nes 'i fod yn dal i wynebu'r un cyfeiriad ag o'r blaen.'

'Ond Cein, fydd rhaid i mi 'i holi o am 'i gred cyn medra i 'i roi o dros 'i ben mewn unrhyw ddŵr.'

'Wel Eilir, os bedyddiwch chi Jac Black mi fydda i'n symud fy stondin at William Hughes a'r Bedyddwyr ym Methabara.'

'Dy ddewis di fydd hynny, Cein.'

'Dewis anorfod fydd o 'te.'

Wedi ymresymu, arfer Ceinwen oedd gadael i bethau stiwio am ychydig. Yn eigion ei galon fe wyddai Eilir, yntau, mai Ceinwen oedd yn iawn naw gwaith o bob deg, os nad yn amlach na hynny. Hi oedd wedi'i gwisgo â mantell doethineb. Ei wendid yntau, fel y gwyddai'n dda, oedd gwisgo'i galon ar ei lawes ac addo popeth i bawb heb gyfri'r gost ymlaen llaw. Ar y llaw arall, os byddai wedi rhoi'i air i rywun doedd yna ddim newid llwybr wedyn costied a gostio. Ond chwarae teg i Ceinwen, fyddai'r haul chwaith byth yn machludo'n hir ar ei natur dda hithau.

Plygodd Ceinwen ei phen rownd cilbost y drws, 'Eil?'

'Ia?'

'Be gymi di i dy swpar? Ffish-ffingyrs 'ta *Mackerel Pate*? Tasa 'na ddewis?'

* * *

Er nad oedd Eilir na Ceinwen wedi yngan gair wrth undyn byw am gais Jac Black am fedydd trochiad roedd y stori ar dafodau'r dre ymhell cyn i'r Cyfarfod Blaenoriaid feddwl am ymgynnull. Tre felly oedd Porth yr Aur. Ond yn yr achos yma Jac Black, wrth far y 'Fleece', rhwng sobrwydd a meddwdod, oedd wedi sôn am y bwriad wrth Oli Paent ac

Oli wedi plastro'r stori wrth baentio a phapuro o dŷ i dŷ.

O wybod beth a fyddai'r pwnc trafod roedd y naw Blaenor yn bresennol; saith o'r hen fyddin a'r ddau flaenor newydd: Owen C. Rowlands a Bettina Pringle. Wedi iddi landio yn y dre, rai blynyddoedd yn ôl bellach, ymunodd Bettina â'r ddiadell fechan a gyfarfyddai yn y 'Capel Susnag' ym mhen draw'r Harbwr ond rhoddai'i theyrngarwch i sect efengylaidd â'i phencadlys yn America – *The Fish Fellowship.* Dysgodd Gymraeg, i berffeithrwydd bron, a throsglwyddo'i theyrngarwch i Gapel y Cei a chynnau mymryn o dân yn y fan honno. O gael neges at ei dant, porthai'r addoliad gydag ambell i 'amen' gynnes a dyrchafu'i breichiau i entrych nef. Pan ledid tôn fwy jasaidd na'i gilydd siglai i rythmau'r dôn honno ac ysgwyd tambwrîn. Gydag amser, fe'i hetholwyd i fod yn flaenor yng Nghapel y Cei.

Cyn bod y Gweinidog wedi codi'r mater, bron, fe aeth hi'n drafodaeth frwd. Meri Morris oedd y gyntaf i ymateb; iaith ffarm oedd yr agosaf at law i Meri ar bob achlysur. 'Cynnig ein bod ni yn 'i ddipio fo cyn gynted â phosib,' fel petasai hi'n sôn am fyharen wedi cynrhoni. 'Mi fasa'i roi o dros 'i ben mewn dŵr yn gneud mawr les iddo fo. Faswn i'n gneud y job fy hun tasa rywun yn rhoi caniatâd imi. Y nefoedd a ŵyr pa mor ddu ydi o tasa rhywun yn digwydd tynnu amdano a hithau'n olau.'

'*Just imagine*,' mwmiodd Cecil, perchennog caffi'r Tebot Pinc a'r Siswrn Cecil *Scissors* yn Stryd Samson.

'Gyda llaw, Mistyr Thomas,' ychwanegodd Meri, 'pan fyddwn ni'n gneud y job fydd yna hawl i roi dipyn o gostig soda yn y dŵr?'

'Fydd yna ddim perig i'w groen o blicio os rhowch chi beth felly yn y dŵr?' holodd Dwynwen, yr ieuengaf o'r Blaenoriaid, mewn peth braw.

'Riscio peth felly fydda orau,' arthiodd John Wyn, yr Ysgrifennydd, yn ddideimlad fel arfer. Doedd Jac ac yntau fawr o lawiach. 'Tasach chi'n digwydd sgaldio dipyn arno fo, pa wahaniaeth fasa fo? Mi geith groen glanach yn 'i le fo mewn dim o amsar. Cynnig ein bod ni'n 'i roi o dros 'i ben mewn dŵr y cyfla cynta posib.'

'Hannar munud rŵan', apeliodd y Gweinidog, yn teimlo fod yr awenau wedi hen fynd o'i ddwylo a'r drafodaeth yn carlamu i gyfeiriadau cwbl annheilwng. 'Sacrament ydi'r achlysur. Y bwriad ydi i Jac gael bedydd trochiad fel arwydd o'r bywyd newydd a ddaeth i'w ran o a datgan hynny'n gyhoeddus. Hwyrach y bydd y ddefod yn garrag filltir yn 'i hanas o ac yn ein hanas ninnau fel eglwys o ran hynny.'

'Diolch iddo,' pynciodd Bettina yn ddefosiynol. *'And praise be!'*

'Ond mae yna un peth sy'n peri pryder imi,' ychwanegodd y Gweinidog, yn cadw'r addewid a roes i Ceinwen yn gynharach ar y noson. 'Fe hoffwn i ga'l gwybod, mewn mwy o fanylder, be ydi cymhellion Jac dros ofyn am fedydd trochiad.' Taflodd gip awgrymog i gyfeiriad Bettina a eisteddai mewn lle pur gyfyng, rhwng Ifan Jones a Howarth, yn wlân Cymreig i gyd ac yn chwys laddar, 'Dwn i ddim oes yna rywun ohonoch chi a all fy ng'leuo i?'

Mewn contralto cyfoethog eglurodd Bettina fel roedd 'John' a hithau wedi trafod y mater yn weddigar a bod 'John', bellach, yn llwyr gytuno â *Chredo Nicea.*

O glywed am y fath ddyfnder cred agorodd gweddill y Blaenoriaid eu cegau mewn rhyfeddod. Ond fe wyddai'r Gweinidog mai eithaf darllen Jac Black oedd y *Sun* sbâr a fyddai ar far y 'Fleece' a'r tabl trai a llanw ar wal y Cei.

Penderfynodd chwarae mig, 'Deudwch chi Miss Tingle . . . y . . . Pringle,' ac roedd y Gweinidog, fel Jac, yn dechrau cymysgu'r enw, 'at ba fersiwn o *Gredo Nicea* dach chi'n cyfeirio?'

Aeth yn big ar Bettina, 'Wel . . . m . . . '

'Er enghraifft, ydi Jac, John i chi, felly, yn derbyn y fersiwn sy'n cynnwys y *Deum de Deo*?'

Aeth Miss Pringle fwy fyth i'r wal a'r Blaenoriaid yn fwy na chegrwth.

'Dydi 'nghariad i'n *bright?*' sibrydodd Cecil, ond yn glywadwy i bawb, yn rhyfeddu at wybodaeth denau'i Weinidog.

'Ond peidwch â phryderu, Miss Pringle,' ychwanegodd Eilir, yn trugarhau ac yn gollwng Bettina o'i gwewyr, 'mi ga' i gyfla i holi Jac ar bwynt o athrawiaeth yn nes ymlaen.'

Owen Gillespie, y duwiolaf o ddigon o blith Blaenoriaid Capel y Cei, a gynigiodd bod yr eglwys yn caniatáu bedydd trochiad i Jac, a Meri Morris wedyn yn ei eilio gyda brwdfrydedd. Ond yn cefnogi'r cynnig ar dir glanweithdra yn fwy nag ar sail unrhyw gredo eglwysig. John Wyn oedd yr unig un i atal ei bleidlais ond roedd y gweddill o blaid. Wedi i'r fantol droi tynnodd Meri damaid o bapur a phwt o bensel ddifin o'i bag llaw a stryglo i sgwennu'r geiriau 'costig soda' – rhag ofn iddi anghofio'r peth pwysicaf.

Roedd y Blaenoriaid ar hel eu paciau pan atgoffodd y Gweinidog hwy fod rhaid penderfynu ar le. Y lle oedd y broblem. 'Fel y gwyddoch chi i gyd, does yna ddim cyfleusterau yma, yng Nghapel y Cei, i fedyddio drwy drochiad.'

'Fedrwn ni ddim defnyddio Bethabara'r Capal Batus?' holodd William Howarth, yr Ymgymerwr. 'Hefo angladdau, mi fydda i'n gweld fan'no yn lle bach hwylus ddigon i barcio.'

Aeth Cecil Siswrn i gynrhoni yn ei sedd, 'Mistyr Howarth, cariad, *don't be a silly-billy. It's about dipping not parking.*' Yna, trodd at ei Weinidiog, yn sent i gyd, 'Ewch ymlaen *sweetie pie*, ne' mi fydd fy *faggots* i, *poor things,* wedi'u crimetio.'

Neidiodd y Gweinidog at awgrym Howarth, 'Dw i'n siŵr y bydda Bethabara yn fwy na pharod i . . .'

'Os ca' i ddeud gair yn y fan yma,' ymyrrodd Owen C. Rowlands, ond yn or-foneddigaidd fel arfer. A dyn cau drysau o'i ôl ar bob achlysur oedd Now Cabaitsh. 'Ma gin i ofn – a maddeuwch imi am ddeud hyn – na fedrwn ni ddim manteisio ar y caredigrwydd hwnnw ar hyn o bryd.'

Daeth syndod i wyneb amryw, 'Pam lai?' . . . 'Ma 'na le bedyddio yno, does?' . . . 'Fasa'n gneud i'r dim.'

'Deddf Iechyd a Diogelwch, ma gin i ofn,' eglurodd Now. 'Mi aeth yr ola fedyddiodd William Thomas, ddeng mlynedd yn ôl, dynas go drom, ar 'i thin . . . ar 'i phen-ôl felly yn y ffynnon felly, ac mi fethodd William â'i physgota hi allan heb ga'l help hogiau'r ambiwlans. Does yna ddim teils nyn-slip yno, ylwch. M . . . William Thomas oedd yn deud pan e's i â dau benog i Bethabara View. William Thomas yn ffond iawn o benog. Wel, a chath fôr o ran hynny.'

Wedi cael Owen C. Rowlands yn ôl o'r môr bu cryn dorri cnau gweigion. Ifan Jones yn holi oedd hi ddim yn bosibl bedyddio Jac yn sych, 'yn lle bod ni'n wastio dŵr a ninnau wedi mynd ar y mityr?' Yna Meri Morris, yn gymwynasgarwch i gyd, yn cynnig benthyg hen 'septic tanc' a ddefnyddiai Dwalad, ei gŵr, i ddyfrio'r bustych, 'Ac mi fasa'n bosibl sgwrio peth felly hefo'r un costig soda. Dim ond gofalu cadw digon yn sbâr i sgwrio'r Jac Black 'na'n nes ymlaen.' Ac Owen C. Rowlands, mewn cryn fraw, yn taflu siâp ceg i gyfeiriad y Gweinidog, 'Iechyd a Diogelwch!'

Yna, fel tawch ar wres, egrodd diddordeb y Blaenoriaid yn y drafodaeth. Wedi'r cwbl, roedd hi'n tynnu at ddeg. A dyma nhw'n dechrau codi o'u seddau, fesul un ac un, a llifo i gyferiad y drws allan tan ffarwelio â'r Gweinidog wrth fynd.

'Dw i'n siŵr y ceith Mistyr Thomas afa'l ar rwbath inni.'

'Ca'l bydd o bob amsar.'

'Mynd yn hwyr ma' hi.'

'Noswaith dda, Mistyr Thomas'

'Nos da ichi.'

'A phob bendith hefo'r gwaith.'

* * *

Yn gynnar fore trannoeth, bore Sadwrn, aeth Eilir am dro ar hyd y Morfa Mawr i gyfeiriad y Clwb Golff a Brandi, yr ast ddefaid, i'w ganlyn. Lle da i wahanu'r us oddi wrth y gwenith ac i osod pethau yn eu cyd-destunau priodol oedd ysgwydd y Mynydd Mawr yn y bore bach. Serch bod y darn tir yn union uwch ben y môr yn un frech o garafanau lliwgar, lle trigai Shamus Mulligan a'i dylwyth, doedd dim siw na miw o'r fan honno ben bore fel hyn. Llithrai Brandi, hithau, o docyn brwyn i lwyn eithin ac o lwyn eithin i docyn brwyn yn hela cwningod dychmygol ac yn marcio allan ei thiriogaeth. Rhywfodd, roedd gwrando ar y môr yn y pellter yn griddfan ar ei wely yn dwyn tawelwch meddwl i Eilir bob amser. Do, fe ystwythwyd sawl pregeth stiff a chael goleuni ar aml i broblem ddyrys wrth grwydro llethrau'r Morfa Mawr.

Erbyn rowndio'r Clwb Golff a cherdded yn ôl yn hamddenol i gyfeiriad yr Harbwr roedd yr haul wedi codi o'i wely a Phorth yr Aur yn dechrau deffro ar gyfer diwrnod braf arall. Yna, clywodd chwibaniad yn agor yr awyr. Trodd ei ben, i weld Shamus Mulligan yn llithro i lawr y bryn i'w gyfeiriad, sbenglas wrth strap rownd ei wddw, y gôt darmacio felen yn barasiwt o'i ôl a'r ddau alsesian, Sonny a Fraser, yn tuthio'n ddisgybledig wrth ei sodlau. Cythrodd Eilir i goler Brandi a'i rhoi wrth dennyn rhag ofn iddi fynd yn gwffast.

Daeth Shamus i stop o fewn troedfedd neu ddwy i'r Gweinidog a'r ddau gi yn union tu ôl iddo. 'Neis gweld chdi, Bos. 'Nath Shamus gweld chdi'n dŵad, trwy binocilars ia?'

'Sudach chi, Shamus?'

'Dim bad, ia? Musus chdi'n iawn?' a'r un oedd agoriad ymgom Shamus hefo'r Gweinidog ar bob achlysur.

'Yn dda iawn, diolch.' Gwyddai y byddai rhaid iddo yntau ofyn yr un cwestiwn i Shamus i dderbyn yr un ateb stoc arferol, 'A sut ma Musus Mulligan?'

'Coesau fo'n giami cofia,' ac roedd y Gweinidog wedi clywed am gyflwr coesau Kathleen Mulligan am chwarter canrif bron. 'Faricos feins o, Bos bach. Fath â grêps, ia?'

'Ddrwg gin i glywad hynny, Shamus,' ond yn synnu dim at y cyflwr blin â hithau wedi geni cynifer o blant ac yn cario'r fath bwysau llethol.

'Ond ma' nhw am mynd â'i coesau fo i hospitol, cofia,' fel petai hi'n bosibl i goesau gwraig Shamus fynd i le felly heb eu perchennog.

'Wela i,' ond yn methu â gweld sut oedd y fath beth yn bosibl. Eto, ym myd meddygaeth, roedd yna wyrthiau newydd yn digwydd bob dydd.

Sylwodd Mulligan ar y benbleth yng ngwyneb y Gweinidog ac ategu, 'Ond bydd o'n mynd yno hefo'i coesau, ia?' A chafodd syniad, 'Ti isio ca'l stag arnyn nhw, Bos?'

'Ar be?'

'Ar 'i coesau fo.'

'Oes. M . . . nagoes. Fedra i ddim, ar y funud. Dw i isio paratoi at fory, ylwch.'

'Be? Sgin ti *Mass*, ia?' Er iddo gael ei fagu ym Mhorth yr Aur gyda'i epidemig o gapeli ac eglwysi doedd gan Shamus Mulligan ddim syniad am y gwahaniaethau rhwng Catholigiaeth a Phrotestaniaeth. 'Cei di dŵad i gweld 'i coesau fo rywbryd eto, ia, pan fydda nhw 'di dŵad nôl o hospitol.'

Cododd Sonny o'i gwrcwd a ffroeni i gyfeiriad Brandi; chwilio am wraig o bosibl. Taflodd Shamus un llygad i'w gyfeiriad a disgynnodd hwnnw yn ôl i'w gwrcwd ac ysgwyd ei gynffon ar ei feistr.

'Dw i am 'i throi hi rŵan, Shamus.'

'Dal dy dŵr am funud, Bos bach. Ma' gin Shamus isio helpu chdi hyfo petha Capal.'

'O?' Roedd hynny'n newydd annisgwyl iawn.

'Dallt bo chdi am roi Jac Black yn dŵr.'

'Wel, ma 'na ryw sôn am y posiblrwydd o'i fedyddio fo, rywbryd,' a cheisio swnio mor annelwig â phosibl.

'Oli Paent oedd yn deud yn 'Fleece'. Pan oedd o'n *sloshed*, ia?' ac roedd clywed hynny'n dân ar groen y Gweinidog. 'A bo chdi hyfo dim byd i dal dy dŵr. Granda, Bos, gin Shamus y feri thing iti.'

'Felly,' yn sychlyd.

Gwthiodd y Tincer law fudr i boced cesail y gôt tarmacio a thynnu pamffled crychlyd allan. 'Cym stag ar hwn, Bos. *Real McCoy* cofia.'

Craffodd y Gweinidog ar lun math o gwpwrdd plastig, tua wyth troedfedd o uchder a phump o led, gydag ysgol alwminiwm, simsan yr olwg, i ddringo i mewn iddo ac i ddod allan ohono. Trodd y pamffled drosodd i gael darllen y broliant. Gydag ymdrech darllenodd y geiriau 'Baptismal Washtub, thermostatically controlled, for total immersion.' 'Nefoedd ar y ddaear, be ydi hwn, Shamus?'

'Ma fo'n *easy*, Bos. Bydd dim ond isio i dynas llefrith,' a Meri Morris oedd gan Shamus mewn golwg, 'hannar llenwi fo hyfo dŵr, ia? A troi olw'n ffor iawn a bydd o'n cynnas braf i Jac. 'Ti'n cofio Yncl Joe McLaverty, Shamus?'

'Ydw,' ochneidio a cheisio anghofio.

'Ma fo'n 'u heirio nhw allan, cofia, i *chapels* yn Connemara.' A doedd gan Eilir, serch sawl ymweliad â'r fro honno, ddim cof iddo weld llawer o gapeli erioed yn y Connemara – os gwelodd o rai o gwbl.

Ar waelod y dudalen gefn roedd y geiriau, 'Imported from Taiwan, without licence'.

'Dw i ddim yn meddwl Shamus, ond diolch ichi am feddwl am y peth.'

Aeth Shamus fymryn yn ddagreuol, 'Basa Jac yn torri 'i calon fo, cofia, tasa ti dim yn rhoi fo yn dŵr. Gnei di dim difaru, Bos. Gneith hogia Shamus – ogia da, cofia – gnân nhw danfon o i Capal chdi. Cei di benthyg o'n *dirt cheap* gin Yncl Joe.'

Craffodd Eilir eilwaith ar y llun. 'Ond Shamus fedra i ddim trochi Jac mewn lle mor gyfyng â hyn. Lle i un sy yn y cwt ar y gorau.'

‘’Ti ’di ca’l mis-ciw, Bos bach. Sdim isio i chdi gneud dim byd ond sefyll tu allan.’

‘Sefyll tu allan? Ond tu mewn bydd y dŵr.’

‘Grynda, Bos. ’Ti’n dim yn gweld switsh ’na?’ a phwyntio. ‘’Ti dim ond pwyso hwnna, ia, a daw dŵr dros pen Jac i gyd heb i ti glychu pen dy bys. Craffti, ia?’

Gwthiodd y Gweinidog y pamffled yn ôl i ddwylo budron Shamus a pharatoi i ailgychwyn ar ei daith. ‘Fel deudis i, dydw i ddim yn meddwl y gneith o’r tro. Ond os gwna i ailfeddwl mi ddo i heibio i ordro’r peth.’

‘’Ti’n boi call, Bos. Ac yli, cei di gweld ’i coesau fo tro hwnnw, ia?’ a chyfeirio unwaith eto at Kathleen ei wraig.

Gyda’r addewid annymunol honno ffarwеliodd Eilir â’r Tincer a chychwyn ar ei daith drwy’r dre ac am ei gartref. Wrth gwrs, o fethu â tharo ar syniad arall, roedd y cynllun yn un posibl: bedyddio Jac yn y cwt plastig yn y gegin a gweddill y gynulleidfa yn ymuno yn yr addoliad yn y capel. Ond byddai’n rhaid trafod y cynllun hefo Ceinwen a’i drafod fesul tamaid a fyddai orau.

* * *

Roedd Eilir, y noson braf honno yn niwedd Awst, ddeuddydd cyn Sul y Bedydd, yn chwynnu a thrawsblannu yn yr ardd gefn â’i ddwylo’n bridd i gyd pan ddaeth Ceinwen allan o’r tŷ ar hast, ‘Ffôn iti. Ma’r un symudol ar goll, fel arfar.’

‘Ydi o’n bwysig?’ a chamu allan o’r rhesi.

‘Nagdi.’

‘O!’ a bygwth camu’n ôl.

‘Yr ymgeisydd am Fedydd sy’na.’

‘Jac Black?’

‘Ia, yn anffodus, ac mae o’n swnio fel tasa fo’n ffonio o dwnel Penmaenmawr.’

‘Yn nhŷ Miss Pringle mae o felly,’ a phrysuro am y tŷ i dynnu’i sgidiau. A ffôn felly oedd gan Bettina, yn rhad ar ôl chwech ond gydag eco ar ddiwedd pob brawddeg fel petai hi'n byw mewn ogof.

Yn nhraed ei sanau cydiodd Eilir yn y teclyn hefo bys a bawd, 'Jac, chi sy'na?'

'Lle ddiawl dach chi 'di bod . . . dy . . . dy . . . dy?'

'John, langwej . . . jy . . . jy . . . jy !' rhybuddiodd Bettina.

'Fedra i fod o gymorth ichi, Jac?'

'Fedrwch i ddeud wrtha i be ydw i fod i wisgo . . . go . . . go . . . go . . . ?'

'Pan fyddwch chi'n ca'l eich Bedyddio dach chi'n feddwl? Wel, ro'n i am ga'l gair hefo William Thomas, Bethabara View. Ma' gin y Bedyddwyr goban ar gyfer y gwaith.'

'Da i gythral o ddim byd . . . dy . . . dy . . . dy,' ebe Jac yn flin.

'Wel, pam hynny?'

"Diawl, fydd yna ddim balog mewn peth felly . . . lly . . . lly . . . lly!'

'John . . . ny . . . ny . . . ny!' a chafodd rybudd pendant arall parthed ansawdd ei iaith.

'Deudwch i mi, 'sa hi'n iawn i mi ddŵad yn fy nhrôns. . . ôns . . . ôns . . . ôns?' holodd Jac.

Roedd yr eco'n mynd ar nerfau'r Gweinidog a byddai'n gwbl fodlon i Jac gynnig dŵad yno mewn cimono. 'Ardderchog. Ond newid i'ch trôns wedi cyrraedd yno 'te?' rhag ofn i Jac gyrraedd yno yn y niwd.

Arfer Jac Black oedd torri pen pob sgwrs unwaith roedd o wedi cael ei faen i'r wal. 'Dyna ni 'ta. Mi ro i 'nhrôns am 'y nhin fel bydda i'n codi . . . di . . . di . . . di?'

Serch yr eco i gyd, penderfynodd y Gweinidog beidio â gollwng Jac yn gwbl groeniach chwaith. 'Un cwestiwn bach ichi, Jac. Sut ma *Credo Nicea* yn dŵad ymlaen?'

'Y. . . y . . . y . . . y?' yn amlwg yn y niwl.

'*Deum de Deo*?'

'A'r un fath i chitha . . . tha. . . . tha. . . . tha', mwmiodd Jac a sodro teclyn ffôn Bettina Pringle yn ôl ar ei golyn gyda chlec.

* * *

Pan gyrhaeddodd y Gweinidog fore Sul, wedi gorfod cerdded peth o'r ffordd oherwydd prinder lle i barcio, roedd John Wyn, yr Ysgrifennydd, yn pawennu'i ffordd yn ôl a blaen ar y ramp a arweiniai i fyny at ddrysau Capel y Cei yn un llewpard blin. (Roedd Ceinwen, ar sail argyhoeddiad, wedi troi'n soldiwr ac aros gartref o'r oedfa.)

'Dowch da chi, ma hi fel tasa hi'n ddiwygiad yma, ond nag ydi hi ddim. Mwy lawar o'r 'Fleece' yn bresennol nag sy'na o'r aelodau, 'swn i'n ddeud.'

'Dda ein bod ni'n medru ennill tir, John Wyn, a denu rhai o oddi allan.'

'Ennill tir, ddeutsoch chi? Colli tir faswn i'n ddeud a cholli'n henw da'r un pryd. Dydi'r Black 'na'n paredio hyd y lle 'ma yn 'i drôns.'

'Bobol mawr!' a phrysuro rownd yr adeilad ac am y gegin. Roedd hi fel diwrnod lladd mochyn yn yr hen amser yn fan honno: Meri Morris wedi torchi'i llewys ac yn chwys laddar yn cario pwcedeidiau o ddŵr oer i'r Baptismal, Cecil yn bustachu gwthio'r plwg trydan i dderbyniad a oedd yn debyg o fod yn fyw a Jac yn hofran yn ôl a blaen yn droednoeth ac yn ei drôns. Bob hyn a hyn cerddai'n ofalus at y drws a wahanai'r gegin oddi wrth y capel i gael cyfri faint mwy o hogiau'r 'Fleece' oedd wedi landio. Bob tro'r ymddangosai Jac yn y drws codai bonllef o'r gynulleidfa yn union fel petai rhywun newydd sgorio trei mewn gêm rygbi.

Sylwodd y Gweinidog ar baced dau gilo, neu well, o soda costig ar lintel y ffenest ac ofni'r gwaethaf. Tynnodd sylw Meri at y paced ond y cwbl a wnaeth honno, o ganol ei holl brysurdeb, oedd rhoi winc ddireidus arno; winc a awgrymai 'dim ond aros fy nghyfla ydw i'.

Roedd y Gweinidog wedi ceisio llunio oedfa a fyddai'n dderbyniol o dan yr amgylchiadau. Y broblem fwyaf o safbwynt gweld oedd bod y trochi i ddigwydd yn y gegin, o olwg y gynulleidfa – gan mai yn y fan honno roedd y cyflenwad dŵr – a'r addoliad cyffredinol i ddigwydd yn y capel. Penllanw'r oedfa fyddai'r foment y byddai Jac yn camu allan o'r Baptismal, wedi'i Fedydd, a'r gynulleidfa'r un foment i dorri allan i ganu pennill o emyn o dan arweiniad Ifan Jones, yr hen ffarmwr.

Gwirfoddolodd Cecil i fod yn fath o reolwr llwyfan i gysylltu rhwng y gegin a'r capel ac i roi arwydd i Ifan Jones, tra byddar, pryd i daro'r dôn 'Cymod'. Daeth yno yn barod i fyw'r part mewn siwmper fflamgoch â'r hysbyseb 'Siswrn Cecil *Scissors*' ar ei ddwyfron, llodrau claerwynion a stopwatsh yn ei law. Y cydamseru a fyddai'n anodd.

Y cydamseru a aeth ohoni. Wedi arwain defosiwn byr ac egluro bwriad yr oedfa a'i phatrwm, cerddodd y Gweinidog o'r capel ac am y gegin. Yn y gegin, safai Jac ar ris uchaf yr ysgol alwminiwm ansad a'r dŵr yn y Baptismal yn ffrothio ac yn mygu. Taerai ar ei beth mawr fod y dŵr yn 'rhy boeth o beth cythral' a Meri'n chwarae'n ffrwcslyd hefo cloc y thermostat i geisio newid tymheredd y dŵr hwnnw. Mewn camgymeriad, a gobeithio hynny, roedd Meri wedi troi'r olwyn hyd at y gair '*boiling*' yn hytrach na hanner ffordd. Bu'n ofynnol i wagio'r dŵr ac ail-lenwi.

Yn y cyfamser, aeth y Gweinidog i egluro i Cecil er mwyn i hwnnw, wedyn, atal Ifan Jones rhag taro'r dôn cyn pryd. Ond camddeallodd yr hen Ifan yr arwyddion a tharo'r dôn *Cymod* yn y fan a'r lle gyda'i dremolo arferol:

Mae'r ffynnon yn agored,
Ydi'n wir,
I olchi yn ddiarbed,
Ia'n wir . . .

Aeth y rheolwr llwyfan yn dipiau. Chwifiodd ei freichiau i gyfeiriad y gynulleidfa a mynd yn syth at dwll clust yr hen Ifan. Gwaeddodd drwy'r blew i gyd, a'r meic oedd yn y sêt fawr yn chwyddo'r cyfan i'r gynulleidfa, '*Farme*r Jones, cariad, *how could you*?'

Pan ddychwelodd y Gweinidog i'r gegin, wedi ceisio

egluro'r amgylchiadau i'r gynulleidfa ac ymddiheuro am yr oedi, roedd Jac yn dal ar ben yr ysgol, ond yn crynu fel deilen bellach, ac yn cwyno'r tro hwn fod y dŵr 'yn rhy oer o beth cythral!' Yna, yn ddamweiniol, wrth geisio troi olwyn y thermostat at i fyny pwysodd Meri yn erbyn y switsh bedyddio a chafodd Jac gawod o ddŵr rhewllyd ar ei gefn noeth. Bu'n rhaid i Eilir ymadael a mynd am y festri am ychydig amser rhag gorfod gwrando ar Jac yn galw ar y duwiau.

Roedd hi'n tynnu at hanner awr wedi unarddeg ar y gwir Fedyddio'n dechrau. Erbyn hyn roedd Meri wedi cael y dŵr i wres rhesymol, Jac yn fwynach ei ysbryd a'r Gweinidog yn barod i'r gwaith. Rhoddodd arwydd i Cecil er mwyn i hwnnw roi arwydd i Ifan Jones ac i'r gynulleidfa. Cerddodd Cecil i'r drws a gweiddi dros y capel i gyd, '*Ladies and gentlemen, stand by for Take Two!*'

Y foment honno, roedd y Gweinidog newydd bwyso'r switsh, Jac ar frig yr ysgol gydag un goes yn y dŵr a'r dŵr bedyddio'n araf ddiferu. Yna, yn anffodus, plygodd Jac ymlaen i gael arwyddo 'iechyd da' ar ei fêts tua'r capel a dyna'r foment y collodd ei falans a mynd i mewn i'r tanc hanner llawn â'i ben yn gyntaf.

Yn y capel, roedd Ifan Jones yn ei morio hi gorau posibl:

Mae'r ffynnon yn agored,
Ydi'n wir,
I olchi yn ddiarbed,
Ia'n wir;
Y dŵr sy'n nawr yn llifo
A'r amser yn prysuro,
I ni ddynesu ato,
Ia'n wir,
A gweled ei fedyddio,
Ia'n wir.

Aeth Meri ati hi, gyda help y Gweinidog, i bysgota Jac allan o'r tanc a rhegfeydd hwnnw'n ffrothio i'r wyneb. Wedi cael ei godi o'r dŵr disgynnodd Jac Black i lawr grisiau'r ysgol alwminiwm yn un dyfrgi gwlyb. Yna, heb ddeud gair wrth neb, cipiodd y tywel roedd Meri'n ei ddal ar ei gyfer a mynd allan drwy ddrws cefn y gegin ac am y stryd fawr yn ei drôns ac Ifan newydd ei hail-daro hi:

Y dŵr sy'n nawr yn llifo
A'r amser yn prysuro,
I ni ddynesu ato,
Ia'n wir,
A gweled ei fedyddio,
Ia'n wir . . .

* * *

Erbyn hyn roedd hi'n ddechrau Medi a'r Gweinidog a'i wraig ar fin nos yn eistedd o flaen tân oer diwedd haf; Eilir â'i ben mewn llyfr a Ceinwen yn pori drwy dudalennau'r papur lleol, Porth yr Aur *Advertiser*, oedd newydd landio ar fat y drws ffrynt.

'Eilir?'

'Ia?'

'Choeli di byth, ond ma' llun y Jac Black 'na ar dudalen flaen yr *Advertiser.*'

'Ydi o?' a cheisio swnio'n ddidaro.

Erbyn hyn, roedd y tyndra a fu rhwng y ddau wedi helynt y bedyddio'n dechrau llacio a'r mater wedi hanner ei gladdu. Dechreuodd Ceinwen ddarllen yr hyn oedd wedi'i sgwennu o dan y darlun, '"Y Sul diwethaf, 17 Awst, yng Nghapel y Cei, Porth yr Aur, yng ngŵydd cynulleidfa anarferol o luosog, bedyddiwyd Mr J. Black, unig fab y ddiweddar Miss Gwen Black, 2 Llanw'r Môr. Gweinyddwyd y seremoni gan y Parchedig Eilir Thomas, Gweinidog Mr Black. Treuliodd Mr J. Black weddill y diwrnod yn y 'Fleece' yn dathlu'r digwyddiad gyda rhai o'i gyfeillion, ym mha le y tynnwyd y llun hwn".'

'Ma'r peth yn darllan fel tasa Jac newydd briodi'n hytrach na cha'l hannar 'i fedyddio.'

'Gwranda, ma'na fwy iddi na hynny', ac ailddechrau darllen unwaith yn rhagor, "Yn union cyn argraffu'r Advertiser, dywedodd llefarydd ar ran ffyrm James, James John James a'i Fab, Cyfreithwyr, i Mr Black, drwy esgeulustod y sawl a'i bedyddiodd, syrthio dros ei ben i'r fedyddfaen. O'r herwydd, bwriedir agor trafodaeth gydag awdurdodau Capel y Cei, o dan Ddeddf Iechyd a Diogelwch 2005, parthed iawndal".'

'Ond Cein, 'nes i mo'i fedyddio fo.'

'Wel do. Dyna ma'r papur 'ma'n 'i ddeud.'

'Ia. Ond Bedyddio'i hun ddaru Jac 'te?'

'Be 'ti'n feddwl?'

'Yn ffodus i mi, mi syrthiodd â'i din am 'i ben i'r tanc cyn i mi fedru hyd yn oed cydio yn 'i drôns o.'

Bu saib yn y sgwrsio am eiliad neu ddau. Ceinwen oedd y cyntaf i dorri gair, 'A 'nes ti, felly, ddim bedyddio Jac Black wedi'r cwbl?'

'Naddo.'

Daeth gwên i wyneb ei wraig, ''Ti'n gwbod be, Eil? Dw i'n meddwl ma' aros hefo chi yng Nghapal y Cei 'na i wedi'r cwbl.'

'Mi fasa'n chwith garw imi ar dy ôl di, cofia.'

'Dim ond iti addo un peth imi.'

'A be ydi hwnnw?'

''Na nei di byth eto brynu dim byd arall gin y Shamus Mulligan 'na.'

'Wel, chwedl Howarth, 'anodd deud'.'

2. Y PLÂT CASGLU

I seiniau *Cytgan yr Haleliwia,* Meri Morris, Llawr Dyrnu, a agorodd ddrws Y Fron Dirion y pnawn mwll hwnnw ac nid Daisy ei chwaer. Nid bod hynny'n syndod. Ar bnawniau Mawrth ac Iau, pan fyddai hi yno'n hwfro, Meri a agorai'r drws yn ddieithriad mewn hen gôt odro, gan amlaf, a phâr o welingtons â'u coesau nhw'n dal yn faw gwartheg i gyd. (Roedd yna si yn y dre mai cath Y Fron Dirion a agorai'r drws i ymwelwyr ddyddiau eraill yr wythnos.) Un ddiog ryfeddol oedd Daisy Derlwyn Hughes.

Wedi chwarter canrif ym Mhorth yr Aur, roedd gan y Gweinidog *repertoire* gweddol eang o'r amrywiaeth seiniau a ddeuai i'w glustiau wrth iddo alw heibio i gartrefi'r dre. Cloch Daisy Derlwyn Hughes oedd y dduwiolaf o bob un; yn fwy felly, hwyrach, na'i pherchennog.

'Chi sy'na?' holodd Meri fel petai hi'n disgwyl rhywun arall.

'Wel ia,' eglurodd y Gweinidog, yn teimlo fel petai'n trespasu. 'Eich chwaer oedd wedi ffonio yn gofyn imi alw heibio. Pan gawn i gyfla felly.'

'Wn i. Dydi hi 'di bod yn brywela yn eich cylch chi ers dyrnodiau. Heblaw, mi a' i â chi i ga'l golwg arni,' yn union fel petai hi am fynd â phorthmon i olwg buwch.

Ond serch chwarter canrif o adnabyddiaeth roedd perthynas y ddwy chwaer yn dal yn destun rhyfeddod i'r Gweinidog. Doedd wiw i Daisy, druan, agor ei cheg heb i Meri roi ysgwrfa iddi ac eto tendiai arni draed a dwylo o un pen blwyddyn i'r llall. O'r ochr arall, roedd Daisy'n addoli'i chwaer, yn teimlo fod yr haul yn codi oddi ar ei chrwper. Ac unig ymateb Daisy pan fyddai Meri'n rhoi ei hyd a'i lled iddi oedd chwerthin yn enethig.

Wedi cyrraedd at y drws a arweiniai i'r stafell ffrynt safodd Meri Morris a throi i wynebu'r Gweinidog, 'Un cyngor bach ichi, Mistyr Thomas. Wrth ma' dyn ydach chi 'te.'

'Ia?'

'Wedi imi fynd â chi i mewn, triwch gadw'ch golygon at i fyny. Os medrwch chi.'

'O?'

'Dwn i ddim pam, Mistyr Thomas bach, na wisgith Daisy 'ma fel dynas ar 'i phensiwn. 'Dydi'i blwmars hi dan drwyn pawb ddaw yma.'

Fe wyddai Eilir hynny'n dda. Drwg Daisy, a hithau'n hen ddafad, oedd gwisgo cnu oen. Roedd hi a Meri mor wahanol i'w gilydd â mêl a menyn: Meri'n writgoch braf, allan hefo'i rownd lefrith ar bob tywydd, ond yn denau fel styllen; Daisy, ar y llaw arall, yn bowdr ac yn baent ben bore, yn grwn fel bwi ac yn ddiarhebol ddiog. Ond gan Daisy roedd y moesau cymdeithasol.

'A! Fy Ngweinidog annwyl i wedi landio,' ond yn dal i ledorwedd ar soffa isel yn gluniau i gyd. 'Dowch i ista i f'ymyl i yn fa'ma, cariad, inni ga'l *tête-a-tête* bach hefo'n gilydd tra bydd Meri'n gneud panad o goffi ichi – un trwy lefrith.'

'Be?' poerodd Meri, yn taflu golwg milain i'w cyfeiriad.

'Newydd ga'l panad ro'n i, Meri Morris,' prysurodd y Gweinidog rhag ofn i bethau fynd yn dân yno. 'Wir ichi. Mi yfis un ar ôl fy nghinio, ylwch. Ac ma' un yn ddigon imi mewn pnawn.'

'Wel chi ŵyr orau, cariad. Os hynny, mi geith Meri fynd ymlaen hefo'r hwfro.'

Wedi i Meri gau'r drws o'i hôl, a hynny hefo cryn glep, pwysodd Daisy Derlwyn Hughes ymlaen nes ei bod hi yng ngwynt 'i Gweinidog a rhoi llaw fodrwyog, ewingoch ar gefn ei law yntau. 'Mi rydw i'n falch sobr o'ch gweld chi, cariad . . .' Bu rhaid mygu'r sgwrs am foment wrth i Meri aildanio'r hwfer a phwnio'i diflastod ar hwnnw. 'Fel y cofiwch chi'n dda, Mistyr Thomas,' meddai Daisy, pan oedd rhu'r hwfer yn dechrau ymbellhau, 'ddeng mlynedd yn ôl i leni y collis i Derlwyn, druan, fy niweddar ŵr.' Aeth yr atgofion yn drech na hi am eiliad a bu rhaid i Daisy dyrchu'n isel rhwng ei dwyfron i dynnu allan fymryn o hances boced iddi fedru chwythu'i hiraeth i honno. 'Mi gofiwch, Mistyr Thomas, am farwolaeth Der? A 'nghollad fawr innau?'

'Yn dda iawn,' mwmiodd hwnnw ond heb ychwanegu mai anghofio a fyddai'r fendith fwyaf i bawb. Treuliodd Eilir hanner ei weinidogaeth ym Mhorth yr Aur yn ceisio lladd y stori anffodus honno ac achub cam y Capel yr un pryd. Hwyrach mai marwolaeth y Cynghorydd Derlwyn Hughes ym mreichiau'r ddiweddar Dwynwen Lightfoot o'r *Lingerie Womenswear* fu'r digwyddiad mwyaf cofiadwy yn hanes Capel y Cei mewn canrif a hanner o fodolaeth.

'Ac mi roedd Der,' a'r dagrau masgaredig yn dechrau llifo drachefn, 'yn ffond ryfeddol ohonoch chi, fel y cofiwch chi. Yn ffond ryfeddol.'

'Wel oedd.'

'Yr un math o ddiddordebau gynnoch chi'ch dau.' Penderfynodd y Gweinidog beidio ag anghytuno rhag gwastraffu mwy o amser. 'A dyna pam, Mistyr Thomas, dw i am roi rhodd i'r capal i gofio'r hyn gyflawnodd o cyn marw.'

'Wel, diolch yn fawr iawn ichi,' ond yn meddwl fod Daisy wedi geirio'r peth fymryn yn anffodus a dweud y lleiaf.

Pwysodd yn fyr ei gwynt dros fraich y soffa ledr a chodi i'w glin glamp o blât arian hardd a chryn addurniadau o amgylch ei odreuon. 'Mi rydw i am roi hwn, Mistyr Thomas, yn rhodd i Gapal y Cei i gofio cyfraniad Derlwyn i'r Achos, a hynny am gynifer o flynyddoedd.'

'Mi rydach chi'n hael iawn, Musus Hughes. Mae o yn ddernyn eithriadol o hardd,' ond wedi tybio mai rhodd ariannol a fyddai ganddi mewn golwg.

'Arian pur, Mistyr Thomas bach. *Solid silver*, os ca'i ddeud. Fel Derlwyn o ran hynny.'

'Wel ia, ac mi fydd yn addurn i'w goffadwriaeth o,' a theimlo'i hun yn rhagrithio hefo pob llythyren. 'Aeth y sylw yn drech na Daisy a bu rhaid iddi ailblymio am y darn hances, 'Thenciw Mistyr Thomas. Ma'ch geiriau caredig chi . . . yn mynd . . . at fy nghalon i.'

'Wel mi fydd raid inni chwilio am le i'w hongian o,' meddai'r Gweinidog, yn ddichwaeth braidd. Yn union, fel petai'n sôn am ffesant newydd ei saethu ac i fadru dipyn cyn cael ei bluo.

''I hongian o, ddeutsoch chi, Mistyr Thomas? 'I hongian o? Na, mi hoffwn iddo fo ga'l 'i ddefnyddio o Sul i Sul.'

'O?'

'I hel y casgliad.'

'Wela i,' ond yn methu â gweld sut y medrai neb ·wthio'r fath olwyn beic o blât rhwng seddau cyfyng Capel y Cei.

'Meri, fy chwaer, yn deud bod be fydda gynnoch chi'n arferol – er ma' peth dipyn yn siabi iawn oedd hwnnw, os dw i'n cofio'n iawn – wedi mynd ar goll?'

A dyna'r foment y cofiodd y Gweinidog bod y blwch derbyn yr offrwm wedi magu traed un bore Sul ac fel bu rhaid cael benthyg het gladdu William Howarth i wneud y gwaith. Y Sul dilynol ddaeth het Howarth ddim yn ei hôl, chwaith – wel, na'r offrwm o ran hynny.

'Dyna ni 'ta, mi gadawa i o yn eich gofal chi rŵan,' a throsglwyddo'r plât i ddwylo'r Gweinidog. 'Ac mi gewch chi a'r

Blaenoriaid benderfynu pa eiriad i' roi arno fo ac mi dala innau, wedyn, am y job.'

'Geiriad, Musus Hughes?' yn synhwyro y medrai hynny fod yn fater sensitif.

'Dim ond enw Derlwyn, Mistyr Thomas a . . . a lein neu ddwy o'r Beibl, hwyrach, i fynd hefo'r enw. Ond, fel deudis i, mi adawa i hynny i'ch doethineb chi a'r Blaenoriaid.'

'M.'

'A gyda llaw, Mistyr Thomas, mi hoffwn i fod teulu Derlwyn, yr ychydig sy ar ôl,' a llithro i wylo unwaith yn rhagor, 'yn ca'l gwahoddiad i'r digwyddiad.'

'Mi nawn ni'n siŵr o hynny, Musus Hughes, pan ddaw'r amsar,' ond yn amau a fyddai fawr neb a oedd wedi goroesi Derlwyn yn dymuno presenoli'u hunain wedi'i ymadawiad chwithig.' Penderfynodd mai dyma'r eiliad iddo godi i ymadael. 'Wel, well imi 'i throi hi rŵan.'

'Oes raid ichi fynd mor fuan, cariad?' a rhoi gwasgiad bach i'w law.

'Na, well imi fynd, wir,' a stryglo i godi o'r soffa isel hefo plât arian hynod drwm ar ei frest a Daisy'n dal i gydio yn ei arddwrn.

'Diolch ichi am ddŵad, siwgr,' a'i dynnu'n ôl o'i hanner-sefyll. A dyna'r foment y syrthiodd y Gweinidog, a'r plât i'w ganlyn, i'w mynwes helaeth. 'Wps-a-deisi!'

Wedi llwyddo i'w ddadfachu'i hun, ac ailgydio yn y plât, cafodd y Gweinidog ei draed dano – yn ddiolchgar na fu iddo dorri'i lengid gyda'r fath gamystum. Prysurodd i ymadael. 'Sgin i ond diolch yn fawr iawn ichi am y rhodd.'

'Ac ylwch,' meddai Daisy, yn ymladd am ei gwynt, 'mi geith Meri, fy chwaer, 'i lapio fo ichi mewn papur brown. Ac mi ddo innau i'r capal i'w gyflwyno fo, y Sul y byddwch chi yn 'i gysegru o.' Ond o ddychmygu hynny'n digwydd bu'n rhaid i Daisy dyrchu, eilwaith, am y darn hances.

''I gysegru o?' holodd y Gweinidog yn bryderus braidd, yn gweld ei hun yn mynd i agor tuniaid arall o gynrhon.

Dyna'r foment y daeth Meri i mewn wedi darfod yr hwfro. 'Dyna'r carthu drosodd, am bnawn arall.' Disgynnodd ei llygaid ar y plât a oedd o dan gesail y Gweinidog erbyn hyn. 'Ac mi dach chi wedi'i weld o, Mistyr Thomas?'

'Do'n tad. Dydi hi'n rhodd hardd dros ben.'

'Hardd, ddeutsoch chi?' Yn wahanol i'r Gweinidog, iaith blaen oedd gan Meri Morris a thafod fel sgwriwr sosbenni. 'Fasa'n ganmil harddach tasa'r llymbar wedi cicio'r bwcad yn 'i wely'i hun. Ond o ran hynny, nid ar y plât ma'r bai am beth felly.'

'Ond be ydi un cam gwag bach, ynte Mistyr Thomas?' apeliodd Daisy, yn taflu cip wyddoch-chi-be-sgin-i gyfeiriad y Gweinidog. 'Heblaw, fel yna ydach chi'r dynion i gyd. Yn lecio byta allan, now-and-dden.'

A chyda'i bedigri wedi'i setlo, a'r athroniaeth fod i bob dyn byw yr un gwendidau â'i gilydd, yr ymadawodd y Gweinidog â'r Fron Dirion y pnawn hwnnw; y plât arian o dan ei gesail a hwnnw wedi'i lapio rywsut-rywsut mewn tudalennau o'r *The Young Chicks,* cylchgrawn digon beiddgar i ferched yn ei harddegau a dderbyniai Daisy Derlwyn Hughes.

* * *

'Ond Pabyddion a Phersoniaid,' a'u bwndelu hefo'i gilydd, 'y nhw sy'n cysegru pethau, Eilir. Dydi o rioed wedi bod yn arfar mewn capeli gysegru pethau. Wel, ddim hyd y gwn i beth bynnag.'

Roedd y Gweinidog newydd blicio'r plât casglu allan o dudalennau lliwgar yr *The Young Chicks.* Penderfynodd ei ddangos i'w wraig, iddi hi gael taro'i llygaid drosto cyn mynd â fo i'r Blaenoriaid i gael golwg arno, a hynny mewn pwyllgor brys a oedd newydd ei alw. Ei gam gwag oedd iddo ddyfynnu Daisy a defnyddio'r gair 'cysegru'.

'Ond gwranda, Ceinwen, Daisy, nid fi, ddaru ddefnyddio'r gair 'cysegru'. Fydd yn hawdd iawn inni ddefnyddio gair llai llwythog. Er enghraifft, 'cyflwyno'. Ne . . . m . . . be am 'neilltuo'? Dyna fo, dyna'r gair. Ein bod ni'n neilltuo'r rhodd hardd hon.'

Bu saib yn y sgwrs am foment a Cheinwen yn rhythu ar ei hwyneb ei hun yn sglein y plât. 'Ydw, Eilir, dw i'n cytuno hefo ti. Ma' o'n blât hardd dros ben ma'n rhaid imi gyfadda. Wedi costio ceiniog a dima, ddeudwn i.'

'Sawl ceiniog a dima 'swn i'n ddeud.'

'Cofia, o gofio ym mha lofft, ac o dan pa blancad, y buo 'rhen Derlwyn farw fasa'n llawn gwell gin i ddal i luchio 'nghasgliad i het Howarth. Tasa honno'n digwydd dŵad i'r fei.'

'Wn i. Ond rhaid inni drio anghofio'r gorffennol, Ceinwen. "Yr hwn sy'n ddibechod tafled yn gyntaf garreg" ydi hi.'

'Ia, debyg. Mi fyddwn i'n deud ma' perswadio'r Blaenoriaid i gredu hynny fydd dy frwydr fawr di.'

''Ti'n meddwl hynny?

'Nagdw.'

'O?'

'Gwbod hynny ydw i.'

Ond yn groes i broffwydoliaeth Ceinwen, brwydr weddol fer a gafwyd i berswadio'r Blaenoriaid i dderbyn y rhodd. Wedi hynny yr aeth pethau'n gwlwm-gwlwm. Meri Morris oedd yr unig i gynnig bod y Capel yn gwrthod y caredigrwydd gan ychwanegu o dan ei gwynt y 'bydda fo'n beth hwylus ddigon i ddal dŵr i'r ieir'. Eu hargyhoeddiadau, chwarae teg iddyn nhw, a barodd i ddau arall o'r Blaenoriaid, Miss Bettina Pringle ac Owen Gillespie – a fu'n Filwr unwaith ym Myddin yr Iachawdwriaeth – i ymatal rhag bwrw pleidlais.

Yn annisgwyl, fe bleidleisiodd John Wyn, yr Ysgrifennydd, o blaid y cynnig ond siarad wedyn fel petai o yn erbyn, 'Fy ofn mawr i, os ca' i ddeud, ydi y bydd y plât 'ma'n fwy o werth na be fydd yn cae'l ei luchio ar 'i wynab o.'

'Amsar a ddengys am hynny,' meddai'r Gweinidog yn awyddus i beidio â mynd i drafod cyllid yr eglwys a oedd yn fater llosg arall. 'Ac os nag oes yna fanion eraill i'w hystyried mi symudwn ni ymlaen i feddwl be rown ni ar y plât.' Yna, eglurodd ei hun yn well, 'Fel geiriad, dw i'n feddwl rŵan.'

'Poeni am fy het dw i,' meddai William Howarth yn mynd ar ôl sgwarnog wahanol. 'Roedd hi'n het dda, os ca' i ddeud, o'r Black's Funeral Attire Ware tua'r Wirral 'na. Ac mi gin i go imi ga'l ambarél hefo hi, fel discownt.'

'Mistyr Howarth, siwgr,' ebe Cecil, oedd wedi rhuthro yno o'r Tebot Pinc heb hyd yn oed gael cyfle i dynnu'i ffedog. A dechreuodd y Siswrn siarad yn stacato, fel y gwnâi pan fyddai o dan bwysau, gan frathu pob sill, 'Anghofiwch eich het, *for a wee second.* Ma' gin i, os ca'i ddeud, *two Hungarian Goulashes* ar y *slow burner.* Ac mi fyddan wedi mynd yn ôl i'r wlad bell *before long.*'

Wedi'r cwbl, roedd gan Cecil Humphreys gaffi i'w redeg a sawl haearn arall yn y tân. Ond doedd neb yng Nghapel y Cei'n fwy selog nag o. Gan amlaf, rhuthrai i oedfa a phwyllgor rhwng torri gwalltiau a thyllu clustiau, torri ewinedd a thorri brechdanau, rhwng tatwio a chwcio, rhwng carthu a chlirio. Heb sôn am redeg Y Porfeydd Gwelltog, y cartref henoed ar gwr y dre, gofalu am y lloriau o fflatiau oedd ganddo o dan ei ofal a gweinyddu'i fenter ddiweddaraf, y *Kneesup.com* – math o asiantaeth i hwyluso'r henoed ddarganfod partneriaid yng ngwledydd Ewrop.

Yn unol â'i bygythiad, cynigiodd Meri Morris ar y dechrau un bod 'Na odineba' yn cael ei roi ar wyneb y plât, mewn llythrennau eglur, clir. Doedd yna fawr o Gymraeg rhwng Meri a'i brawd yng nghyfraith pan oedd hwnnw'n fyw, ond wedi'i farwolaeth yn y gwely benthyg daliai ar bob cyfle i ddawnsio ar ei fedd.

'Chwarae teg, Meri Morris,' apeliodd y Gweinidog, 'mi wyddon i gyd i Mistyr Derlwyn Hughes farw o dan amgylchiadau, wel, fymryn yn anffodus, ond . . .'

'Na wir,' ymyrrodd John Wyn, yn annisgwyl iawn, 'mi dw i flys ag eilio fy chwaer.'

'Sut?'

'Ond bod ni'n rhoi'r sgwennu, ylwch, o dan y plât.'

'O dan y plât?' gofynnodd y Gweinidog, mewn cryn ddryswch.

'Wel, dach chi'n gweld, o droi'r plât â'i ben i lawr mi fydda ni i gyd yn ca'l ein hatgoffa am y diweddar Derlwyn Hughes. A dyna, wedi'r cwbl, ydi pwrpas y rhodd.' Fe'i cefnogwyd gan amryw. 'Ond o'i ddal o â'i ben i fyny fydda'r Gorchymyn ddim yn ein hwynebu ni o Sul i Sul. Nid bod gin i, bellach,' ychwanegodd, 'yn fy oed i, ddim gwrthnebiad i drio cadw at y rheol.'

Wedi i gynnig John Wyn fynd i'r gwellt awgrymodd Bettina, yn ddoeth ddigon, mai'r peth rhesymol, i osgoi unrhyw adlais o'r gorffennol, fyddai hepgor unrhyw ysgrifen ac 'engrafio' (a'i gair hi oedd hwnnw) llun pysgodyn ar y plât.

O glywed y gair 'pysgodyn' daeth Owen C. Rowlands, y gwerthwr pysgod, i'r drafodaeth ond wedi camddeall y symboliaeth yn llwyr. 'Dyna be ydi eidïa ardderchog,' ebe Now. ''Gin i go byw iawn mor ffond y bydda'r hen Derlwyn, cyn iddo fo farw felly, o damad o sgodyn.'

''Gin i ofn ein bod ni'n mynd ar hyd llwybr anghywir rŵan,' ebe'r Gweinidog, yn ceisio cadw 'Now Cabaitsh' rhag mynd i fwy fyth o drafferthion. 'Dw i'n meddwl ma' pysgodyn yr Eglwys Fore oedd gan Miss Pringle mewn golwg. Yr *ichthws*, felly.' Nodiodd hithau ei chadarnhad.

'Sut dach chi'n cwcio peth felly?' holodd Now wedyn, yn dal mewn niwl, ''I ferwi o 'ta 'i ffrio fo?' Chwiliodd ei bocedi am bapur a phensel i gofnodi'r enw er mwyn ordro bocsiad o *ichthws*, ar sbec fel petai, oddi wrth y ffyrm bysgod honno yn Grimsby.

Ond Dwynwen, fel arfer, a ddaeth â phethau i fwcl. Hi oedd y ddoethaf o'r naw Blaenor ac yn llawn crefydd ymarferol. 'Ylwch yma, geiriad glân, syml, fydda orau. Dyna'r cyfan. Enw y diweddar Derlwyn Hughes, deudwch, a blynyddoedd 'i wasanaeth o fel Blaenor yng Nghapel y Cei 'ma', a dim arall.'

Ac wedi awr a hanner o ogr-droi dibwrpas cytunwyd yn unfrydol ar y cynnig.

* * *

Un nos Sadwrn dywyll, rai misoedd yn ddiweddarach, â'r Gweinidog yn prysuro heibio i'r Eglwys Gatholig clywodd lais cyfarwydd yn gweiddi arno, ''Ti'n ocê, Bos?'

'Shamus! Chi sy 'na?' wedi cael peth braw o glywed y llais yn codi o'r tywyllwch â neb ar ei lwybr.

'Musus chdi'n iawn?'

A doedd gan Eilir fawr o ddewis ond gofyn yr un cwestiwn yn ôl, i ddisgwyl yr un hen ateb mae'n debyg. 'A sut ma' Musus Mulligan gynnoch chi?'

''Ti 'di gweld 'i coesau fo *recently*?'

'Do . . . m . . . naddo.'

'Ma' nhw 'di bod â'i coesau fo yn hosbitol, cofia.'

'Oeddach chi'n deud bod nhw am fynd â nhw,' ac ychwanegu'n frysiog, 'Wel, a Musus Mulligan hefo nhw wrth gwrs.'

'Ma' cwbwl 'di dŵad yn ôl, Bos.'

'Wel da iawn wir.'

'A ma' coesau fo yn glân neis, cofia. Ond cei di gweld nhw rwbryd eto, ia? Os ti dim yn meindio. Wrth bo hi'n mynd yn hwyr. Os 'di hynny'n iawn hefo chdi, Bos?'

'Yn hollol iawn. Ydi, ma' hi dipyn yn hwyr heno 'ma, fel dach chi'n deud.' Ond y gwir oedd, nad oedd gan Eilir fawr o awydd mynd i weld coesau Kathleen Mulligan yn y garafan ar ben y Mynydd Mawr, boed hi'n ben bore neu'n berfedd nos. 'Ond diolch yn fawr ichi am y cynnig yr un fath.'

''Ti croeso, Bos.'

Penderfynodd y Gweinidog newid y pwnc. 'Wedi bod yn gweld y Tad Finnigan dach chi?' holodd, yn gweld Shamus yn swel o'i go mewn siaced o frethyn Connemara, het o'r un deunydd a throwsus yn cydweddu; gwyddai, hefyd, fod nos Sadwrn yn noson gwrando cyffesion i'r Offeiriad.

'Boi giami, Bos.'

'Pwy?'

'Tad Finnigan.'

'O?' ddi-ddangos-ochr.'

'Ma' fo'n madda pechods Lala, ogan bach fi, ia, *once a year.* Ond ma' Shamus, ar ôl pechod dwytha fo, yn gorfod dŵad i gweld o pob nos Sadwrn.' Ond penderfynodd y Gweinidog beidio â holi'r tincer am natur ei bechod diweddaraf. 'Peth dim yn ffêr, Bos.'

Dull y Tad Finnigan o wrando cyffesion Shamus Mulligan, yn ôl tafodau'r dre, oedd lledorwedd yn y blwch, ochr draw i'r weiar-mesh, yn darllen y *Catholic Herald* a glasiad o'r *McLaverty's Home Brew* wrth ei benelin.

Wedi trafod coesau Kathleen Mulligan a ffaeleddau offeiriadol y Tad Finnigan, a hynny am y milfed tro, a chan ei bod hi'n nos Sadwrn, roedd Eilir yn awyddus i gael troi am adref. 'Mi'ch gwela i chi eto, Shamus.'

'Hei, dal dy dŵr am second, Bos. Jac, Jac Black ia, yn deud yn 'Fleece' bod Capal chdi 'di ca'l *gift in remembrance.*'

Aeth yn niwl ar y Gweinidog am eiliad, '*Gift in remembrance*, ddeutsoch chi?' Yna, fe welodd i ble roedd Shamus yn gyrru. 'O! Cyfeirio at y plât casglu dach chi? Do do, ma' Musus Daisy Derlwyn Hughes, yn garedig iawn, wedi rhoi rhodd i'r eglwys i gofio'i diweddar ŵr.'

'Boi ath ypstêrs o *bosom* dynas arall, ia?'

Nodiodd y Gweinidog, ond yn mawr ofidio mai fel hyn roedd y werin yn dal i gofio am Derlwyn Hughes.

'Grynda, Bos. 'Sa Shamus yn ca'l stag arno fo gin ti? Shamus yn lecio gweld pethau neis 'sti.'

Teimlodd Eilir ei fod wedi rhoi'i draed ynddi hi fel ag yr oedd pethau a cheisiodd gamu'n ôl. 'Na, fydd hynny ddim yn bosib Shamus, ma' gin i ofn. Wrth 'i fod o mor werthfawr mi rydan ni, ar hyn o bryd, yn gorfod 'i gadw o yn y seff. Wel, rhag ofn iddo fo fynd ar goll te?'

O glywed hynny aeth Shamus ar drywydd gwahanol.

Gwthiodd ei law i boced gesail ei siaced, 'Gin Shamus y feri peth i chdi, cofia.'

'Sut?'

'Cei di cysgu'n tawal *from now on*, Bos,' a thynnu teclyn deuddarn allan o'i boced.

'Be ydi hwnna, Shamus?' Ar yr olwg gyntaf, roedd teganau'r tincer bob amser yn ddirgelwch llwyr i'r Gweinidog.

''Ti'n gwbod cŵn Shamus? Sonny a Liston.'

'Ydw.'

'Pan fydd Sonny'n mynd i caru *away from home*, ia?' a thrawodd y Tincer ar gymhariaeth hwylus, yn ei feddwl ei hun, 'Fath â gnath boi Capal chdi. Dim ond i fi pwyso ar hwn,' a chyferio at y ddyfais, 'a bydd Shamus yn gwbod ble bydd fo. A bydd o'n medru ca'l fo nôl i carafan cyn iddo fo gneud damej.'

'Ond plât sgynnon ni, Shamus. Nid cŵn'.

''Ti 'di jympio'r gwn rŵan, Bos. Gneith o gweithio *just the same,*'sti.'

'Ti jyst yn rhoi'r *thing* 'ma o dan pen-ôl peth *silver*, a byddi di'n gwbod bob amsar lle bydd plât chdi.'

Yn anffodus, cymerodd y Gweinidog at y patant fel mwnci at fanana. Wedi'r cwbl, bu gwarchod y plât arian, cyn dechrau ei ddefnyddio hyd yn oed, yn achos cryn flinder iddo. 'Ond be ydi pris peth fel'na, Shamus? Mae o'n beth drud yn siŵr o fod.'

Gwthiodd Shamus Mulligan y ddyfais i hafflau'r Gweinidog, 'Gneith Shamus roi benthyg fo i Capal chdi *on the never-never.*'

'Wel, dach chi'n siŵr, Shamus? Os hynny, mi a' i â fo i' ddangos i'r Blaenoriaid, bora fory.'

Ar hynny, o'r tywyllwch yng nghyfeiriad drws yr Eglwys Gatholig, cododd bloedd hyll, *'Shamus Mulligan! You scoundrel! Home to Kat'leen, ye'r Godly wife. 'T'is minute I tell you.'*

'Sure to God, Father, I'll be right away now. Indeed I will.

And bless you, Father,' a'r blaidd wedi troi'n oen.

Ond wrth i'r Gweinidog ffarwelio â Shamus wrth droed y Grisiau Mawr dyma hwnnw'n cymell yn hwyliog, 'Ti am dŵad i Fleece, Bos, am *knees up* bach? Cyn bo chdi'n mynd at Musus chdi. Gneith Shamus talu am y *first round*.'

'Ddim diolch.'

'Ond collad chdi bydd o, Bos.'

* * *

Dim ond dau o ddisgynyddion y diweddar Derlwyn Hughes a ddaeth i'r oedfa arbennig – os disgynyddion hefyd. Y ddau'n Sgowsiaid pur ac yn gwbl anghyfarwydd ag arferion capel Cymraeg. Wedi holi pwy oedd yr '*M. C.*' cydiodd un o'r ddau yn llawes y Gweinidog a'i stopio ar hanner cam, '*Tell me, gov, w'ere supposed to sit in the 'all? By the way, I'm Billy. He's me bruther.*'

'An' I'm Dave,' eglurodd hwnnw. *'Ol' Dais, she's me aunt, see.'*

'We've cum all the way from Liverpool. From Scotland Road, like.'

'To raise a glass for ol' Uncle Dérl, aey?'

'Cor, whar a one for the girls,' ebe Billy, gyda chryn falchder. *'Made the family proud, aye?'*

'Je! We use to 'ave to lock me poor ol' Mum upstairs like, when Uncle Dérl was about,' eglurodd y llall.

'So your mother was Daisy Derlwyn Hughes's sister?' awgrymodd y Gweinidog yn wyn o ddiniweidrwydd.

'The uther way round, mate, eglurodd Dave. *'Most the pity. Or we would be in for the takings when she goes upstairs.'*

'Whar a man,' meddai Billy, wedyn, yn cyfeirio at ei ewyrth Derlwyn. *'May God rest his troubled soul,'* a hanner ymgroesi.

Wedi gofyn i Dwynwen ddangos sedd i'r brodyr a'u tywys yno, aeth Eilir ar ei union i'r festri. Yn y fan honno, roedd John Wyn, yr Ysgrifennydd, yn dawnsio o gynddaredd, 'Welsoch chi'r ddau bagan 'na o Lerpwl?'

'Newydd fod yn sgwrsio hefo nhw rŵan.'

'A welsoch chi'r graith 'na oedd i lawr boch y tewa o'r ddau?'

'Wel do.'

'Hyd coes llwy de, 'swn i'n ddeud.'

'Dave oedd hwnnw. Ond roedd golwg dipyn yn ryff ar y ddau, ma' rhaid imi gyfadda.'

'Ryff, ddeutsoch chi? A wyddoch chi sut daru'r peth main, yr un 'na oedd heb y graith, 'y nghyfarch i?'

'Na wn i.'

'Cum 'ere, ol' grumpy.' Penderfynodd Eilir, rhag tarfu ar ysbryd yr oedfa, beidio ag ychwanegu'i fod o'n ddisgrifiad athrylithgar o gysidro mai newydd daro ar ei gilydd roedd John Wyn ac yntau.

William Howarth a eglurodd i'r Blaenoriaid ei bod hi'n fwy na thebyg mai plant i unig chwaer Derlwyn oedd y ddau ymwelydd. A dyna oedd casgliad y Gweinidog, wedi'r ymgom fer a gafodd gyda'r ddau. Ond fedrai Howarth ddim bod yn hollol siŵr. Roedd honno – hyd y medrai Howarth gofio – wedi mynd i weini i Lerpwl pan oedd hi'n ferch ifanc. Y sôn oedd iddi briodi dyn dipyn o oed oedd yn cadw pôn-siop ar gyrion Scotland Road ac i'r ddau fagu tyaid o blant uwchben y mymryn siop honno. Roedd yna si, hefyd, i un o'r hogiau dreulio amser yn y carchar am fflogio bylbiau trydan wedi ffiwsio ond fedrai Howarth ddim bod yn sicr o hynny. Prun a oedd chwaer Derlwyn yn fyw ai peidio, doedd William Howarth ddim yn sicr o hynny chwaith.

Dyna'r foment y daeth Dwynwen i mewn i'r festri, ar garlam, a chau'r drws yn dynn o'i hôl, 'Bobol! Dyna hogiau digwilydd. Dw i'n dyfaru imi 'gweld nhw rioed.'

'Be ddeudon nhw, felly?' holodd y Gweinidog.

'Dyma'r peth hwnnw hefo'r graith yn . . . 'Na, na i ddim deud be ddeudodd o. Ddim ar ddechrau oedfa.'

Ar foment anghyfleus, pan oedd y Gweinidog yn danfon y plât arian ar hyd y llwybr a arweiniai o'r festri i'r capel i'w roi ar ei led orwedd ar y bwrdd cymun fel bod pawb yn medru'i weld, daeth Dave a Billy i'w gyfarfod yn chwilio am y cyfleusterau medda nhw.

'Whar a smasher', meddai Dave, yr un a greithiwyd, wrth weld y plât arian a'i lygaid yn troi'n soseri.

Ond Billy a gafodd y fflach. '*Tell me, gov, since ye'r under starters, could we just show the silver plate to our poor ol' mum?'*

'Is she here then?'

'Of course. She's in the car,' eglurodd y di-graith, yn dysgu'n gyflym. '*We woldn't cum without her for the world.'*

'*She's disabled, see,'* ebe'i frawd. *'Can't get out of the car, like. She's having a chin-wag with me Ant Dais at the moment.'*

'She'd luve to see it,' apeliodd Dave. *'Just for a wee second, gov?'*

'Me Aunt Dais, says it's o.k.,' cadarnhaodd Billy. Roedd hynny'n gelwydd hefyd.

'Well I suppose you can, if that's all right with Mrs Hughes' atebodd Eilir, hefo'i haelioni arferol. *'Yes, why not? Since she was brought up in this Church.'* Cafodd syniad, un anffodus arall, *'I tell you what. Ask the Caretaker,'* a Jac Black oedd hwnnw, '*to come with you to the car.'*

'Cor, thanks, mate,' meddai Dave, yn cythru i'r plât.

'Ye'r real trumps, gov,' ychwanegodd Billy.

'We'll be back before ye kick-off,' ac i ffwrdd â'r ddau, ar hast.

Wedi cyrraedd i fyny i'r pulpud, ac edrych o gwmpas, roedd Eilir yn falch o weld bod yr adeilad yn rhesymol lawn. A dyna'r foment y gwnaeth Daisy ei hentrans, wedi amseru'r peth i berffeithrwydd. Cerddai ym mraich Meri'i chwaer, yn taflu gwên welwch-chi-fi at hwn ac arall, yn rêl caseg sioe. O'r *Lingerie Womenswear* y daeth y dillad mae'n fwy na thebyg; roedd y siop yn nwylo perchnogion newydd erbyn hyn.

Ochr yn ochr â hi edrychai Meri, druan, fel bwndel o rags. Rhwng godro a chapel doedd yna fawr o amser i newid a phincio. Fel yn arferol, roedd yna lastig yn rhywle wedi llyncu'i ben a'i phais, o'r herwydd, yn is na'i sgert ac un hosan yn dorchau rownd ei choes. Ond cyn belled ag roedd y Capel yn y cwestiwn y defosiwn oedd bwysicaf yng ngolwg Meri ac nid y dillad.

Penderfynodd Eilir, ar anogaeth Ceinwen, roi teyrnged fer i Derlwyn Hughes ar ddechrau'r oedfa – i gael hwnnw drosodd fel petai. Yn ddoeth iawn, canolbwyntiodd ar ei flynyddoedd cynnar ac osgoi unrhyw gyfeiriad at ei ymadawiad – er y gwyddai'n dda mai hynny, yn anffodus, a fyddai flaenaf ym meddyliau'r saint y bore hwnnw.

Wedi codi ar ei draed, penderfynodd osgoi'r Saesneg. Dim ond cyfeirio'n gynnil at Dave a Billy, a oedd yn bresennol, ac at yr hen wraig eu mam oedd yn gaeth i'r car, a gofyn i'r gynulleidfa ganu emyn enwog Frances Havergal sy'n cynnwys y llinell: 'Take my money and my gold'.

Wrth ledio'r emyn hwnnw y sylweddolodd Eilir nad oedd y ddau ddieithryn yn weladwy. Dyna fo, roedd y lle'n weddol lawn a hwyrach bod y ddau, wedi dychwelyd o fod gyda'u mam wrth y car, wedi mynd i eistedd i sedd wahanol. Pan ddaeth hi'n amser i gyhoeddi a chasglu y sylweddolwyd nad oedd y plât arian, chwaith, wedi'i ddychwelyd. Pan aed ati i hel y casgliad, a hynny hefo lliain bwrdd, torrodd Daisy allan i wylo'n hir ac yn uchel. Wedi cael yr offrwm i mewn penderfynodd y Gweinidog ledio'r emyn olaf a chyhoeddi'r fendith er mwyn iddo gael mynd i chwilio am y plât colledig.

Tu allan i gyntedd y Capel roedd tyrfa dda wedi ymgasglu; pob un â'i stori ac ambell un â'i ddychymyg.

'Lle ma' Jac, Jac Black?' holodd y Gweinidog, i gael mynd yn syth at lygad y ffynnon.

'Jac?'

'Am Jac Black dach chi'n holi?'

'Doedd Jac ddim yn yr oedfa.'

'Be?'

'Anamal bydd o'n dŵad 'te?

'Finnau'n meddwl yn siŵr 'mod i wedi'i weld o,' meddai'r Gweinidog.

'Jag oedd y car,' eglurodd Cliff Pwmp, yn cyfeirio at yr

ymwelwyr o Lerpwl ac yn gwybod ei stwff fel dyn garej, 'disŷl otomatig.'

'A'r hen wraig ddaeth hefo nhw yn y car,' ebe'r Gweinidog, yn obeithiol, 'lle mae honno? Hwyrach y basa'n well imi ga'l gair bach hefo hi cyn iddi gychwyn yn ôl.'

'Hen wraig?' holodd rywun.

'Pa hen wraig, Mistyr Thomas?'

'Na, welson ni'r un hen wraig.'

'Doedd yna ddim dynas hefo nhw.'

'Dim ond nhw oedd yn y car. Pan gyrhaeddon nhw, beth bynnag.'

'Roedd hi'n dipyn o ddirgelwch i bawb ohonon ni,' meddai un mwy beirniadol na'i gilydd, 'pan ddaru'r ddau'i gneud hi am ddrysau'r capal â'r plât arian yn eu hafflau. Ond, dyna fo, mi ddeudodd y peth hwnnw oedd hefo craith ar 'i foch o, eich bod chi, Mistyr Thomas, wedi rhoi caniatâd iddo fo.'

'Wel do. Yn anffodus.'

'Ac oes oeddach chi wedi rhoi caniatâd, pa hawl oedd gin rywun fel fi i intiffirio?'

'Yn naturiol ddigon,' meddai un arall, yn fwy crafog fyth, 'roeddach chi wedi insiwrio'r plât.'

'Wel na, yn anffodus.'

'O! ma'r gorau ohonon ni, Mistyr Thomas bach, yn 'i methu hi'n llanast weithiau.'

'Deudwch i mi,' holodd un o'r merched, 'Daisy 'ta'r Capal oedd biau'r peth?'

'Dyma hi'n dŵad,' sibrydodd rhywun.

Gyda chil ei lygad, gwelodd Eilir mai gwir oedd y gair. Dyna ble roedd Daisy Derlwyn Hughes yn llusgo yn ei chwman ym mraich Meri, yn powlio crio, ond roedd gwên lydan ar wyneb honno. Penderfynodd mai'r peth callaf, am unwaith, fyddai mynd o'r tu arall heibio.

* * *

Oherwydd yr oglau pysgod fe wyddai Eilir, cyn codi'r llythyr oddi ar y mat, mai John James, ffyrm *James James, James John James a'i Fab, Cyfreithwyr* a'i hanfonodd ac mai Owen C. Rowlands, y gwerthwr pysgod, a'i danfonodd. Hefo fan bysgod Now Cabaitsh, neu ar draed, y byddai John James yn cysylltu â'i Weinidog. Roedd hynny, wrth gwrs, yn arbed cost y stamp ac, yn ôl haeriad y Cyfreithiwr, yn fwy cymdeithasol.

Wedi rhwygo'r llythyr yn dendar hefo'i fys a'i fawd, i osgoi'r saim pysgod oedd ar yr amlen, a darllen y sgribl un frawddeg deallodd y Gweinidog fod John James am iddo alw heibio i'r swyddfa, cyn gynted ag roedd hi'n gyfleus, i drafod materion perthynol i Gapel y Cei. Ar ddiwedd y nodyn roedd y frawddeg glo arferol a godai'i bwysau gwaed i entrych nef: 'A chofiwch fi'n gynnes ryfeddol at Mrs Thomas, yn gynnes ryfeddol,' er y gwyddai Eilir, drwy Ceinwen, iddo daro arni yn Siop Lloyd, y siop bapur, y bore hwnnw. Gan fod hanner y bore'n weddill ganddo, penderfynodd yr âi i lawr i swyddfa John James cyn cinio.

Wedi mynd i mewn i'r cyntedd, cydiodd yn y gloch bres hen ffasiwn a orweddai ar y cownter a'i hysgwyd. Edrychodd o'i gwmpas, na doedd dim yn newid yn swyddfa John James; yr un dodrefn trymion, hen ffasiwn, a'r un lloriau pren di-garped. Oedd, roedd oglau'r disinffectant cyn gryfed ag erioed.

Ar y cownter roedd tusw o flodau o gapel y Bedyddwyr a gwrando ar weddïau hirfaith William Thomas, unig Flaenor Bethabara, wedi peri iddyn nhw wywo cyn pryd. Ysgydwodd y gloch drom am yr eilwaith. Serch y gadwyn enwau, ffyrm un dyn oedd *James James, James John James a'i Fab, Cyfreithwyr* a Hilda Phillips, a gyflogwyd i lenwi poteli inc a rhoi min ar bensiliau yn nyddiau tad John James, yn llaw dde iddo.

Wedi ysgwyd y gloch am y drydedd waith, clywodd sŵn traed blinedig Miss Phillips yn cerdded i lawr y coridor i'r cyfeiriad ac un droed, mae'n amlwg, yn fwy blinedig na'r llall.

Daeth drwy'r drws yn ei llwyd arferol a'r gwallt gwinau wedi'i gribo a'i glymu'n fynen daclus ar ei gwar.

'Bora da, Mistyr Thomas,' cyfarchodd Hilda yn y tremolo arferol. 'Fedar Mistyr John James, ffyrm *James James, James John James a'i Fab, Cyfreithwyr,* fod o wasanaeth i chi?'

'Wedi anfon nodyn mae o hefo'r fan bysgod yn gofyn am ga'l fy ngweld i.'

'Prysur ryfeddol ydi o, Mistyr Thomas. Ond mi ofynna' i iddo fo.' Cydiodd Hida mewn pad sgwennu a ffowntenpen o'r Pumdegau ac ysgrifennu'n ofalus, feichus, â llaw athritig: '"Annwyl Mistyr James. Y mae'r Parchedig Eilir Thomas wedi galw yn ein swyddfa gan obeithio y gall eich gweled os yw hynny'n gyfleus i chwi. Ydwyf, yn gywir, Hilda S. Phillips." Mi a' i â fo iddo fo, Mistyr Thomas, cyn gynted ag y medar fy nhraed blinedig i fy nghario i.'

'Diolch.'

Aeth cryn ddeng munud heibio cyn i'r negesydd ddychwelyd, 'Os gnewch chi fy nilyn i, Mistyr Thomas.'

'Diolch.'

'Ond prysur ryfeddol ydi o, fel deudis i.'

'Ia debyg.'

Cerddodd Hilda ar hyd y coridorau gweigion, yn gam fel bwmarang ac yn arbed un droed, â'r Gweinidog yn cerdded tu ôl iddi. Rhoddodd gnoc barchus ar ddrws ystafell y Cyfreithiwr.

'Dowch i mewn !'

'Y Parchedig Eilir Thomas i'ch gweld chi, Mistyr John James.'

'Diolch, Musus . . . y Miss Phillips.' Roedd Hilda, wedi deufis o briodas hefo William Thomas, Bethabara View, wedi gollwng y 'Thomas' o'i henw ac adfer y 'Miss'– nid fod John James, bob amser, yn cofio hynny.

'Diolch, Mistyr John James,' a throi ar sawdl poenus a dechrau trampio'n ôl i gyfeiriad y cyntedd.

Fel Cyfreithiwr, un hamddenol a gofalus dros ben oedd

John James, yn cau pob drws yn dynn o'i ôl cyn meddwl am agor un arall; dyn yn mesur deirgwaith a thorri unwaith. Tra roedd Washington Davies, Cyfreithiwr ifanc yn Swyddfa *Derlwyn Hughes a Washington Davies* yn pluo dwsin mewn bore, un deryn a bluai John James ond ei fod o, yn ôl pob sôn, yn pluo at y corblu. Dyna oedd arfer ei dad o'i flaen yn ôl y sôn.

'Musus Thomas yn iawn, dw i'n mawr obeithio?'

'Yn dda iawn, diolch, Mistyr James.'

'Wel cofiwch fi ati'n gynnas ryfeddol. Yn gynnas ryfeddol.'

'Ond ddaru chi'ch dau ddim taro ar eich gilydd, bora 'ma. Yn Siop Lloyd?'

'Do. Ond cofiwch fi ati, yr un modd. Teimlo, o edrach arni'r bora 'ma, Mistyr Thomas, ei bod hi'n cadw'i siâp yn rhyfeddol gynnoch chi.'

'Ydi debyg,' â'i bwysau gwaed yn ailddyrchafu eto.

Wedi ychydig rhagor o fân siarad – a dyna oedd arfer John James, siarad ar hyd ac ar led am ychydig funudau, i oelio'r cwsmer, a dechrau mynd am y wythïen fawr yn fuan wedyn – agorodd y Twrna ddrôr y ddesg fahogani a thynnu allan yr amserydd berwi wyau a ddefnyddiai i gofnodi hyd cyfweliadau. Pwysodd fotwm yr intyr-com cruglyd, 'Ffeil y Pachedig Eilir Thomas, Miss Phillips, os byddwch chi mor garedig.'

'Mi ddo' i â hi yna, Mistyr John James, cyn gyntad ag y medra i. A diolch i chi.'

'Diolch, Miss Phillips.'

'Diolch, Mistyr John James.'

Wedi i Hilda ddanfon y baich ac ymadael wedyn, agorodd John James y ffeil, rhoi fflic â'i fys i'r amserydd berwi wyau a dechrau ar y cyfweliad, 'Bil neu ddau i'ch ystyriaeth chi sgin i, Mistyr Thomas.'

'Bil?'

'Os ca i awgrymu, hwyrach mai'r peth doethaf, o dan yr amgylchiadau, fydd ystyried y biliau i gyd hefo'i gilydd yn hytrach na fesul un. Mi fydd yn daclusach felly.'

'Be? Oes 'na fwy nag un?'

'Yn anffodus,' a chymryd arno ofidio am hynny.

Cydiodd mewn tudalen o bapur ffansi ag oglau sent yn dal arni, 'Mae'r cynta yma oddi wrth Musus Daisy Derlwyn Hughes, Y Fron Dirion. Gyda llaw, ro'n i'n gynefin ryfeddol â'i diweddar ŵr hi,' a chwarter gwenu.

'Oeddach, debyg.'

'Mi fûm i'n gweithredu ar 'i ran o, fwy nag unwaith. Materion parthed tadolaeth yn amlach na pheidio.' Yna, newidiodd John James dôn ei lais hyd at swnio fymryn yn galed, 'Roeddach chi'n gynefin â'r plât arian a aeth ar goll, Mistyr Thomas?'

'Y . . . oeddwn.'

'Y plât roedd hi wedi'i ymddiried i'ch gofal chi?'

'Ia . . . gwaetha'r modd.'

'Bil am y cyfryw blât ydi hwn. Ac mae o'n un pur sylweddol, mae'n rhaid deud. Ond, wrth gwrs, mae'n rhaid cofio ei fod o yn arian pur.'

Hanner gododd y Gweinidog o'i gadair, 'Ond fedar hi ddim rhoi bil imi am y plât, a hithau wedi'i roi o yn anrheg i'r Capal.'

'Ond, yn anffodus i ni, Mistyr Thomas, ddaru'r Capal ddim derbyn yn anrheg. Dyna'r broblem.'

'A pheth arall, y ddau foi 'na o Lerpwl dwynodd o. Nhw aeth â fo allan o'r adeilad.'

'Hefo caniatâd pwy, Mistyr Thomas?'

Aeth yn big ar y Gweinidog. 'Wel ia.'

'A chan ein bod ni'n dal i sôn am filiau, dyma'r ail un, Mistyr Thomas. A'r olaf fel mae'n dda gin i ddeud,' a chydiodd y Cyfreithiwr yn ych-â-fi, gyda'i fys a'i fawd, mewn tudalen grychlyd oedd yn drewi o oglau tarmac. 'Mae hwn, fel ma'n ofidus gin i ddeud,' a gollwng ochenaid dawel, 'oddi wrth fy nhad yng nghyfraith, Mistyr Shamus Mulligan.'

'Bil am be?' holodd y Gweinidog yn teimlo biliau'n chwyrlio tuag ato o bob cyfeiriad. 'Y cythral iddo fo.'

Cododd y Cyfreithiwr ei ddwylo i'r awyr mewn cryn fraw, 'Dowch inni drio cadw gwefus bur, Mistyr Thomas bach, o flaen pob dim arall beth bynnag yr amgylchiadau. Er fy mod, i raddau mawr, yn cytuno â'ch dadansoddiad chi.' A thaflodd John James lygad hiraethus at fwndel o hen, hen filiau a orffwysai ar gongl y ddesg, 'Dipyn yn araf yn talu ydi Mistyr Mulligan, gwaetha'r modd.'

'Bil am be ydi hwn 'ta?'

'Rhoswch chi,' a chraffu ar yr ysgrifen. 'Dyma ni, *One McLaverty's Tracking Device*.'

'Ond ma' hwnnw'n dal yn yr adeilad.'

'Yn rhannol, ydi. Ond, yn anffodus, mae'r darn gweithredol wedi mynd hefo'r plât. Ac fel Musus Thomas a chithau, dydi'r naill yn dda i ddim heb y llall.'

Collodd Eilir bob rheolaeth arno'i hun, 'Mi a' i i'r jêl cyn tala i fil fel'na.'

'Wel eich dewis chi, wrth gwrs, fydd hynny, Mistyr Thomas. Ond os byddwch chi am gael rhywun arall i'ch amddiffyn chi, mae Washington Davies – cyfreithiwr arall sy'n y dre yma – yn fachgen ifanc addawol ryfeddol, addawol ryfeddol. Dipyn yn ddrud, hwyrach. Ond addawol ryfeddol, fel deudis i. Ond, dyna fo, y dyddiau yma ma'n rhaid talu am safon.'

Cododd John James ar ei draed, i arwyddo fod y sesiwn ar ben ac mai'r peth doethaf i'r Gweinidog a fyddai ymadael yn dawel i geisio codi'r symiau angenrheidiol. Pwysodd fotwm yr intyr-com, 'Mae'r Parchedig Eilir Thomas yn awyddus i ymadael. Os byddwch chi, Miss Phillips, mor garedig â dod i'w gyrchu o.'

'Mi ddo' i yna, Mistyr John James, cyn gynted ag y bydd hynny'n bosib imi.'

'Diolch, Miss Phillips.'

'Diolch, Mistyr John James.'

Pan oedd Hilda'n cychwyn arwain yr oen allan o'r lladdfa, meddai John James yn siriol, 'Fel deudis i, cofiwch fi at Musus Thomas yn gynnas ryfeddol, yn gynnas ryfeddol. A bora da rŵan, y Parchedig Eilir Thomas. Bora da ichi.'

* * *

Wedi clywed am y biliau a'u hwynebai fel teulu, aeth ias oer i lawr cefn Ceinwen ac fe aeth hi'n chwilys ar ei gŵr, yn y fan a'r lle.

'Wyddost ti be ydi dy ddrwg di, Eilir?'

'Peidio gwrando.'

'Ia. Ma' hynny'n un peth. A pheidio â darllan y print mân. Hynny ydi, cyn bellad ag y ma' pethau a phobol yn y cwestiwn. Ac yn fan'no ma'r gwenwyn bob amsar. Ond mi ddown ni drwyddi, rywsut.'

'Down yn tad,' ebe'i gŵr yn siriol, yn tybio bod y storm yn dechrau gostegu erbyn hyn.

'Fel gwyddost ti, ma'r hogyn 'ma'n bwriadu priodi cyn bo hir iawn.'

'Ydi.'

'Ro'n i wedi meddwl ca'l rig-owt newydd. Ond dyna fo, gwisgo'r hen fydd hi, debyg.' Ac roedd ergyd fel'na yn mynd at y byw.

'O! Mi ddaw haul ar fryn eto, Cein.'

'Ac ella na ddaw o ddim.'

Fe gododd yr haul hwnnw o gyfeiriadau annisgwyl braidd. Meri Morris a lwyddodd i glirio bil Y Fron Dirion a hynny hefo un slap. Y cwbl wnaeth Meri oedd mynd yn sowldiwr cyn belled ag roedd yr hwfro wythnosol yn y cwestiwn. O'r herwydd, dewisodd Daisy Derlwyn Hughes y rhan dda a sefyll y golled.

Yn ffodus, ond yn anffodus cyn belled ag roedd moesau'r gymdeithas yn y cwestiwn, roedd gan Deirdre, merch Nuala, olwg am fabi arall ac roedd Taid Shamus yn weddol ffyddiog mai 'boi o Capal chdi, Bos' oedd 'wedi saethu'. Wrth fod y Tad Finnigan wedi chwythu'i dop hefo'r Mulliganiaid, a rhoi'i draed yn y pridd cyn belled ag roedd bedyddio'u plant nhw yn y cwestiwn, beth oedd gwerth hanner un *McLaverty's Tracking Device* o'i gymharu â hanner addewid yr ystyrid bedydd capel?

Y fendith annisgwyl arall, oedd i het William Howarth ddod i'r fei. Ymddangosodd honno yn y festri un bore Sul, wedi'i tholcio braidd, gyda bocs o *Black Magic* o'i mewn a nodyn o ymddiheuriad, dienw, wedi'i binio i'w chantel. Gan iddo brynu het newydd o'r Black's Funeral Attire Ware ar y Wirral, penderfynodd Howarth gyflwyno'i hen un at wasanaeth y Capel gyda'r addewid y trefnid oedfa arbennig i gysegru'r rhodd. A honno, heb ei chysegru, a ddefnyddir ar hyn o bryd, i gasglu'r offrwm wythnosol hyd nes daw'r plât arian i'r fei. Os daw o fyth i'r fei. Gyda llaw, doedd gan Daisy Derlwyn Hughes mo'r syniad lleiaf pwy oedd y Dave a'r Billy rheini o Scotland Road. Ysgwn i oes gynnoch chi?

3. *KNEESUP.COM*

'Eil, 'ti isio clywad newyddion drwg?' a chamodd Ceinwen i mewn i'r tŷ fel gafr ar swnami hefo llond ei hafflau o negesau a'r sgandal ddiweddaraf yn barod i'w rhannu.

'Oes . . . m . . . nagoes.' Roedd Eilir yn ei gôt law ac ar gychwyn allan i gael torri'i wallt yn y Siswrn Cecil *Scissors* yn Stryd Samson.

'Ma' Jac Black yn codi'i bac.'

''Ti'n fardd, Cein.'

'Sut?'

'Ma'r frawddeg yna'n odli gin ti. Jac . . . yn codi'i bac?'

'Wel o leia ma'i dŷ o ar werth.'

'Be?' Sobrodd y Gweinidog, 'Tŷ Jac Black ar werth, ddeudis ti?'

'Dyna ydi'r sôn.'

'I ble mae o'n meddwl mynd?'

'Be wn i.'

Y lle hwylusaf i glywed y sgandal ddiweddaraf oedd siopau Porth yr Aur ar bnawniau Sadyrnau; hanner stori yn siop bysgod Now Cabaitsh a hanner arall, wrthgyferbyniol fel rheol, yn Siop Glywsoch Chi Hon.

'Ond, Ceinwen, glywis ti pam ma' Jac yn codi'i babell?'

'Pob math o sibrydion.' Yna, aeth Ceinwen fymryn yn deimladwy. Un fel'na oedd gwraig y Gweinidog, y gair garwa ymlaen ond yn toddi'n llymaid pan dybiai hi fod rhywun o dan y don – hyd yn oed Jac Black. 'Ofn sgin i, Eil bach, fod hwch yr hen dlawd wedi mynd drwy'r siop. A'i fod o'n ca'l 'i droi allan o'i dŷ.'

'Mynd o flaen gofidiau ydi peth fel'na, Ceinwen. Wn i fod hwch Jac wedi bod ar 'i ffordd allan sawl tro o'r blaen ond fedra i ddim credu bod pethau mor ddu â hynny chwaith.'

'Na wir, roedd Now, Now Cabaitsh felly, yn deud wrtha i dros ddarn o samon bod gweithredoedd tŷ Jac gin MacDougall yn y 'Fleece'.'

'O?'

''Ti'n mynd i'r dre?'

'Ydw. I edrach sgin Cecil fwlch imi ga'l torri 'ngwallt.'

'Be am rowndio'r Cei ar dy ffordd 'ta, a galw hefo Jac?'

'Ond, a hithau'n bnawn Sadwrn, mi fydd hwnnw yn y 'Fleece'.'

'Galw'r un fath. Yli, mi gysga i'n dawelach o wybod y bydd gynno fo do uwch 'i ben.'

Ond cyn bod ei gŵr wedi cyrraedd y llidiart roedd Ceinwen wedi cael traed oer, 'Eil!'

'Ia?'

'Cofia di beidio ag addo dim iddo fo!'

'Fel be?'

A bu'n rhaid i Ceinwen feddwl yn gyflym, 'Wel, os ydi'i dŷ o wedi'i werthu y ceith o ddŵad yma i gysgu hefo mi . . . y . . . hefo ni, felly.'

Chwedl Llyfr y Diarhebion, penderfynodd Eilir beidio ag 'ateb yr ynfyd yn ôl ei ynfydrwydd', 'Hwyl iti rŵan, Cein.'

* * *

Wedi disgyn y tair step a ddisgynnai'n anniogel i iard gefn, gyfyng, 2 Llanw'r Môr cafodd y Gweinidog sioc o weld y lle'n goncrid glân, newydd ei sgubo, heb na moto beic â'i olwynion i fyny na darnau o hen injan cwch yn peryglu'i lwybr. Curodd ar y drws cefn a'i gilagor, 'Ydach chi yma, Jac?'

'Chi sy'na?' holodd hwnnw, yn anarferol o addfwyn. 'Wel

dowch i mewn. A deud y gwir, dw i'n falch gythral o'ch gweld chi.' Roedd y croeso, hefyd, yn un annisgwyl o gynnes.

Heb godi o'i gadair taflodd Jac Black gip at y gadair gyferbyn. Agorodd Crincoch, y cwrcath strae, un llygad diog a llithro'n hamddenol o'r glustog at y ffendar i ailrowlio'n dorch wrth y tân broc-môr a fudlosgai yn y mymryn grat. 'Steddwch.'

'Diolch.' Aeth y Gweinidog ati i daro'r haearn tra roedd hwnnw'n boeth, 'Sylwi bod y moto beic wedi mynd o'r cefn gynnoch chi, Jac.'

'Y Jacwsi?'

I arbed mymryn o amser, penderfynodd Eilir beidio â'i gywiro, 'M . . . ia.'

'Ydi, er pnawn echdoe.'

'Wedi torri ma'r *Suzuki*?'

'Wedi'i werthu.'

'Sut?'

'Lai o bethau imi gartio o 'ma, ylwch.' Roedd hi'n amlwg felly fod yna ryw symudiad ar droed. 'I hogyn fenga Oli Paent. Hwnnw sy am drio lladd 'i hun, os medar o, cyn bydd o'n ddeunaw oed. Ar hyd y lôn gefn daethoch chi felly?'

'Ia.'

'Ne mi fasach wedi gweld y notis sgin i yn y ffenast ffrynt.'

'Y sein "Dim Rhegi" hwnnw dach chi'n feddwl?'

Cafodd Jac Black syniad, 'Diawl, fasach chi'n lecio ca'l hwnnw gin i?'

'Be? Yr arwydd "Dim Rhegi" dach chi'n feddwl?'

'Ia'n tad.' Cafodd syniad carlamus arall, ''Fedrach 'i roi o i fyny, ylwch, yng nghyntadd y capal.'

'Yn nghyntadd y capal, ddeudsoch chi?'

'Ia'n tad. Choeliwch chi byth y fath regi fydd yno amball i fora Sul, wedi pregath salach nag arfar.'

Doedd hi byth yn hawdd i ddirnad pryd roedd Jac Black yn herian a phryd roedd o'n taro'r post i ryw barwydydd neu'i gilydd glywed. 'Ond deudwch i mi, Jac, be ydi'r hysbysiad arall 'ma sgynnoch chi yn y ffenast ffrynt? Nid bod o'n ddim o 'musnas i chwaith.'

'Ddeuda i wrthach chi. Postar 'di o, ryw wyth modfadd wrth ddeuddag deudwch, yn deud bod y tŷ 'ma sgin i ar werth.'

'Be, y tŷ yma ar werth?' a cheisio swnio fel petai o'n clywed y newydd am y waith gyntaf.

'Dew, dyma ichi be ydi tŷ da, tŷ solat,' a dechreuodd Jac Black ganmol tŷ â'i do fo'n gollwng fel hidlen pan oedd y gwynt o Ynys Pennog. 'Mae o'n dal dŵr fel pen-ôl chwadan.'

Gan wybod y byddai Ceinwen am ddegymu'r mintys aeth y Gweinidog i holi rhagor ar Jac gan dybio mai'r tebygol yn unig oedd yn bosibl, 'Ac i ble ym Mhorth yr Aur 'ma dach chi'n meddwl mudo?'

'Porth yr Aur, ddeudsoch chi?'

'Ia.'

'Sbaen.'

'Bobol!'

'Na, a diolch i'r Siswrn unwaith eto, dw i am 'i gneud hi am y Costa sel Lol hwnnw.'

'Costa del Sol.'

'Ia siŵr, Costa sel Lol ddeudis i.' Plygodd i gyfeiriad y bwrdd a chodi tun surop o'i wely. Stripiodd Jac dudalen wleb oedd wedi glynu o dan y tun a'i gwthio ar y Gweinidog. 'Dyma lun y tŷ ichi. Ac ma'na dipyn o wybodaeth am y gymdogaeth ar gefn y darn papur.'

Cydiodd y Gweinidog hefo bys a bawd, yn ych-â-fi, yn y dudalen a chwibanu'i ryfeddod, 'Whiw! Hwn fydd eich cartra newydd chi, Jac?'

'Ia'n tad.'

Stryglodd y Gweinidog i ddarllen y geiriau, '*Calle de rosas, Puerto de Suenos*'.

'Ia, rwbath tebyg i hwnna ydi'r adres. Pan ga'i afal ar rywun fedar ddarllan y peth yn iawn imi.'

Ar y dudalen, yn lliwiau machlud eithafol o hardd, roedd

yna lun fila moethus yn Sbaen, gyda Phorth Neigwl o bwll nofio'n union wrth ei ddrws cefn, 'Dydi o'n balas o le? A hyd y gwela i,' a chraffu, 'ma' 'na ryw wraig, croen tywyll, yn gorwadd wrth y pwll?'

'Dach chi'n llygad ych lle.'

Craffodd yn fanylach eto, 'Mewn ffrog felan.'

'Surop 'di hwnna!' snapiodd Jac.

'Surop?'

'Ia. Mae o'n tueddu i lifo dros ochr y tun, ylwch, pan fydda i yn 'i blastro fo ar 'y nghrystun amsar brecwast.' A phenderfynodd yr hen longwr anesmwytho mwy ar y Gweinidog. Daeth cysgod gwên i'w lygaid gleision, 'Erbyn meddwl, fasa gin honna fawr ddim amdani oni bai am y surop.'

Trodd Eilir y dudalen drosodd a dechrau mwmian-darllen y wybodaeth am y gymdogaeth, yn Saesneg: 'Superb for the clubber, ideal for the reveller; drinks cheap, music loud, nights long'. Fydd yn newid garw ichi, Jac.'

'Newid er gwell,' oedd yr ateb.

Wedi rhoi'r dudalen sticlyd yn ôl yn ei gwely, cerddodd Jac Black at y dresel. Dychwelodd hefo clamp o lun mewn ffrâm lydan. 'Mi ofynnis i Gogonsola . . .'

'Gogonzalis,' a chywiro enw tynnwr lluniau'r dre.

'Ia siŵr, at Gogonsola dw i'n cyfeirio. Mi ofynnis i hwnnw neud llun mwy ohoni imi – heb y surop felly – a'i roi o mewn ffrâm, imi ga'l gweld tebyg i be ydi hi. Cymwch chithau stag arni.'

'Oedd angan ffrâm go lydan i gadw hon wrth 'i gilydd,' awgrymodd y Gweinidog, fymryn yn ddychanol.

'Bosib,' ebe Jac yn swta.

Ar wely haul, wrth fin y pwll nofio, torheulai stemar o wraig hefo llawer mwy o groen amdani nag o ddillad, a'r croen hwnnw wir angen ei smwddio. Awgrymai hynny'i bod hi'n ganol oed da, neu well, a'i bod hi wedi rhostio'i hun mewn haul sawl haf. Rhwng deufys ewingoch daliai sigarét yn un llaw a glasied o ryw win neu'i gilydd yn y llaw arall.

'Be dach chi'n feddwl ohoni?' holodd Jac.

'Dydi hi'n ffrâm solat. Be ydi hi, deudwch, derw?'

'Diawl, y ddynas dw i'n feddwl!'

'O!' a daliwyd y Gweinidog mewn deufor-gyfarfod. 'M . . . ydi, ma' hi'n edrach yn bictiwr o iechyd. Be ydi'i henw hi ddeudsoch chi?'

''I henw hi?' a bu'n rhaid i Jac dynnu mymryn o bapur o boced dop ei ofarôl i atgoffa'i hun. Stryglodd i ddarllen yr enw gan dorri gair deusill yn ddau hanner, 'Car . . . men.'

'Carmen?'

'Ia. Ond . . . y . . . fedra i ddim gneud allan y syrnêm. Ond fydda i ddim angan hwnnw, o ran hynny.'

'Ond mewn pob sobrwydd, Jac,' plediodd y Gweinidog yn ceisio tagu'r fath frwdfrydedd ynfyd, 'dydach chi rioed wedi'i chyfarfod hi.'

'Ddim eto 'te. Ond ma' hi 'di gyrru sawl nodyn ata i yn deud bod hi'n 'y ngharu i.'

'Ym mha iaith?' holodd y Gweinidog, yn gignoeth braidd, 'Sbaeneg?'

Dechreuodd Jac Black golli'i limpyn, 'Dydi hi'n anfon y negas i'r Siswrn i ddechrau, ac ma' hwnnw, wedyn, yn mynd â fo i MacDougall i'r 'Fleece' . . .'

'Ond . . .'

'Daliwch arni am funud, i mi ga'l darfod. Ac ma' MacDougall, wedyn, yn ei anfon o i chwaer'i wraig, honno sy'n byw yn Doncaster, i honno i' droi o i'r Susnag.' Er nad oedd o yn fardd, meddyliodd Eilir y byddai anfon neges gyda cholomen yn ffordd hwylusach a mwy uniongyrchol i Carmen, druan, i fynegi'i serch. 'A dw innau yn 'i ga'l o wedyn gin MacDougall, ylwch, mewn ryw lun o Gymraeg.'

'Am fynd yno ati am wyliau dach chi,' meddai'r Gweinidog yn obeithiol, yn ofni i Jac losgi'i gychod i gyd.

'Na na, ma'r Siswrn wedi trefnu i mi fynd yno ati i fyw.'

Teimlodd y Gweinidog ei waed yn oeri. Fel amryw yn y

dref, roedd o wedi clywed am fenter busnes diweddaraf Cecil Humphreys, gyda chymorth arian o'r Cynulliad mae'n fwy na thebyg, i hwyluso pobl unig i ddarganfod partneriaid yng ngwledydd Ewrop. Doedd yna boster lliwgar yn ffenestr y Tebot Pinc yn hysbysebu'r *Kneesup.com.* Ar y poster hwnnw roedd yna lun gŵr a gwraig yn hwyrddydd bywyd yn cerdded law yn llaw – serch y gwahaniaeth yn lliw eu crwyn – i gyfeiriad rhyw fachlud nad oedd terfyn iddo. Ac i'r machlud hwnnw, felly, roedd Jac Black, o bawb, yn bwriadu cerdded.

Ceisiodd ymresymu ymhellach, 'Ond dydach chi rioed wedi'i chyfarfod hi, Jac. Yn gwbod dim byd amdani.' Ceisiodd newid tac, 'Be am ichi fynd i lodjio drws nesa, at Miss Tingle . . m . . Pringle?' ac yn ei wewyr roedd y Gweinidog yn cael pethau o chwith. 'Ac mi fydda Cringoch a chithau, wedyn, yn dal hefo'ch gilydd.'

''Rhen Grinc,' a daeth sŵn hiraeth am y cwrcath i lais Jac cyn iddo fo ddechrau codi angor.

'Ia, dyna newch chi, Jac.'

'Gneud be?'

'Mynd i lodjio drws nesa.'

'Dew, dynas dda, Miss Tringle. Dynas agos i'w lle.'

Am eiliad, teimlodd Eilir fod yna ddrws dianc yn cael ei gil-agor, 'Ylwch, mi a'i draw, pnawn 'ma, i ga'l gair hefo hi?'

Ond wfftio'r awgrym wnaeth Jac, serch ei ganmoliaeth cyson i dduwioldeb Bettina a'i aml dröedigaethau drwyddi, 'Na, cwarfod gweddi a chrimcracars fasa hi yn fan'no bob dydd o'r flwyddyn. Ac orenj jiws i'r gath.'

Gan fod pob llwybr ymwared a awgrymai'r Gweinidog i Jac yn troi'n un pengoll cododd i ymadael. 'Wel, well imi 'i throi hi rŵan.'

'Ylwch, cyn bo chi'n mynd. Ga i ofyn un gymwynas ola i chi?'

'Cewch,' ond yn cofio rhybuddion Ceinwen.

Aeth Jac hyd at fod yn ddagreuol bron, 'Hwyrach na welwn ni mo'n gilydd eto . . . 'rochor yma. '

Camddarllenodd y Gweinidog y signal, 'Cnebrwng mawr, a hwnnw i ddynion yn unig, gafodd eich mam, medda nhw . . .'

'Cnebrwng? Diawl, nes i sôn dim am gnebrwng!'

'O!'

Yn y deng munud a ddilynodd clywodd Eilir gais a agorodd ei galon. Ond, argyhoeddi Ceinwen o rinweddau'r cais hwnnw a fyddai'n anodd iddo.

* * *

'It was his decision, Mistyr Thomas, *not mine,*' meddai Cecil, yn reit siarp. Trochodd ei benelin dde yn y basn i weld bod y gwres yn un cymedrol ac yna gwthio pen ei Weinidog at y gwegil i'r dŵr ffroth, 'Ac mi ddylach chithau, *if I may say so*, olchi'r gwallt *beautiful* 'ma'n amlach.' Fel amryw o'i debyg, mynd yn soldiwr oedd tuedd Cecil o gael ei groesi a brathu'n ôl – weithiau'n ddigon miniog. 'Fydda'n haws i minnau wedyn, siwgr, drio arbad be sgynnoch chi ar ôl. *It is receding you know.*'

Ar ei ffordd o'r Cei i gyfeiriad y dref, penderfynodd Eilir y byddai'n gwneud ei orau i gadw Jac Black rhag llosgi'i fysedd. Cecil Humphreys a'r parlwr trin gwallt amdani felly. Un o gasbethau'r Gweinidog oedd mynd i dorri'i wallt i'r Siswrn Cecil *Scissors* yn Stryd Samson – yn enwedig ar bnawn Sadwrn. Yn un peth, doedd Cecil mor uchel ei gloch ac yn amlach na pheidio merched a fyddai gweddill y cwsmeriaid. Ond pa ddewis oedd yna? Cecil oedd un o flaenoriaid selocaf Capel y Cei ac fe gefnogai ei Weinidog i'r stanc. Byddai dewis torri'i wallt mewn salon arall yn y dref yn fradwriaeth o'r radd flaenaf.

I ddechrau doedd Eilir, mwy na Ceinwen, ddim o blaid y 'Fy Heulwen I', ei barlwr tatwio, a chamgymeriad Eilir, fel y clywodd oddi ar law ei wraig sawl tro, oedd mynd yno i'w agor. Ond roedd y *Kneesup.com* yn fwy beiddgar fyth ac iddo, fel y credai'r Gweinidog a'i wraig, ei fawr beryglon.

Wrth basio ffenest y Tebot Pinc, y drws nesaf i'r salon trin gwallt, sylwodd Eilir fod y lle yn hwylus lawn; rhai o ferched Porth yr Aur wedi troi i mewn am de pnawn ac i gael gwybod, yr un pryd, pwy oedd y diweddaraf o drigolion Porth yr Aur i faeddu'i glwt.

'*Look whose arrived!*' brefodd Cecil, pan oedd y Gweinidog yn camu dros y trothwy, '*my one and only.*' Taflodd y merched canol oed a hŷn – y rhai roedd eu pennau yn digwydd bod allan o unrhyw ddŵr – gip i'w gyfeiriad, gwenu'n awgrymog ar ei gilydd ac yna yn nythu'n ôl yn eu cadeiriau. '*Step right in,* Mistyr Thomas, siwgr. Rhaid bod y gadair yma 'di clywad eich boch chi'n dŵad. *And how's the lovely* Musus Thomas?'

'Ceinwen dach chi'n feddwl?'

'Wel, *who else*?'

'Ma' hi'n dda iawn diolch.'

'*And still looking attractive,* os ca'i ddeud . . . o'i hoed.'

Wedi cael yr arfau ynghyd taflodd Cecil frat blodeuog dros ysgwydd y Gweinidog a holi'n gyfeillgar, 'A lle ma' 'mlodyn i wedi bod pnawn 'ma? *If I may ask?* Cerddad yr ail filltir, *as usual.*'

'Yn nhŷ Jac Black.'

'*Fancy.*'

'Hwnnw sy ar werth!'

Newidiodd Cecil y stori'n syth bin, 'Rŵan, gan bod eich gwallt chi'n *thinning on top,* fy awgrym i'r tro yma ydi *fringe* yn y ffrynt a . . .'

'Be?'

'A *tapered nape* yn y cefn.'

Fel llew wedi'i glwyfo unwaith – pan roddodd Cecil y *mohican* hwnnw iddo, heb ei ganiatâd – dangosodd ei ddannedd yn y fan, a chwyrnu, 'Newch chi ddim o'r fath beth, Cecil.'

Aeth Cecil yn sarjant o sowldiwr, 'Os di'n well gynnoch chi wisgo wig, cariad, eich dewis chi fydd o. Be fydd hi,' holodd yn goeglyd, '*platinum blonde,* ta un *ginger? Both would look well.*'

'Y torri gwallt arferol, a dim arall. Ac ma' hynny'n bendant.'

'Y *bowl cut* amdani felly,' ac ochneidio'i ddiflastod. 'Ond mi fydd raid imi 'i siampwio fo i ddechrau. Ne mi fydd chwain yn mynd i'r *clippers!*'

Pan oedd Cecil yn chwilio am y gwahanol seboniach, yn agor y gwahanol boteli ac yn llenwi'r basn â dŵr rhesymol ei wres, cafodd y Gweinidog gyfle i ymliw hefo'r barbwr parthed Jac Black a'r holl gamau gwag posibl. 'Be tasa fo'n methu â setlo yn Sbaen wedi iddo fo gyrraedd yno? A'i dŷ o, yn y cyfamsar, wedi'i werthu? Mi fydda ar y clwt wedyn. A pheth arall, Cecil, dydi o rioed wedi gweld y ddynas.'

'Ydach chi wedi'i gweld hi? Os ca'i ofyn.'

'Do . . .'

'*Pardon?*'

'M . . . naddo. Ond dw i wedi gweld 'i llun hi. Gin Jac.'

'*Lovely complexion,* os ca'i ddeud.'

'Ydach **chi** wedi'i gweld hi?' holodd y Gweinidog yn ôl, yn ddigon blin.

A dyna'r foment y gwthiwyd pen y Gweinidog i'r ffroth i'w gadw rhag gofyn rhagor o gwestiynau a fyddai'n anodd i Cecil eu hateb. Daliodd y Siswrn ar y cyfle i wneud datganiad ynghylch ei etheg gwaith. Ei unig fwriad, ar wahân i geisio chwyddo'r gweithlu mewn tref a ddioddefai'n enbyd gan ddiweithdra, oedd dod â phobl unig i berthynas â'i gilydd ar lefel ryngwladol ac felly hyrwyddo heddwch byd. Unig ymateb posibl y Gweinidog i'r gyffes ffydd honno oedd chwythu ambell fybl wantan i wyneb y ffroth a allai olygu anghytundeb neu fel arall.

Wedi i'r siampwio ddod i ben y cyfan a allai'r Gweinidog ei wneud, oherwydd ei flinder, oedd caniatáu i Cecil rwbio'i ben yn y modd mwyaf ffyrnig, a hynny hefo lliain digon bras, goddef iddo roi math o bowlen ar ei ben a thorri talar o wallt o gwmpas y godreon.

Bu wrth y gwaith am rai munudau cyn chwipio'r brat oddi ar ysgwydd y cwsmer, 'Dyna ni, *job done*'. Ond hefo'r math yma o steil dal i fynd i lawr fydd y gynulleidfa, *I'm afraid.*' Wedi talu llymbar o fil trwm i'r ferch ifanc, blastig yr olwg, a safai wrth y til doedd hi ddim yn rhy fuan gan y Gweinidog gael troi cefn ar y lle. Ond pan oedd o ar fin camu i'r stryd clywodd Cecil yn gweiddi o bellter, 'Os bydd y *lovely* Musus Thomas isio sbec ar *brochure* y *Kneesup, just give Cec a ring!*'

* * *

Cafodd y steil gwallt well derbyniad gan Ceinwen na'r disgwyl; nid ei bod hi o blaid y toriad ond am y gwyddai hi yn ei chalon y byddai llawer gwaeth wedi bod yn bosibl, os nad yn debygol.

'Wel, Eilir, mi welis i waeth.'

'Be 'ti'n feddwl?'

'Mi gofi'r *mohican* hwnnw?' Un o amryw groesau'r Gweinidog oedd methu ag anghofio'r camgymeriad hwnnw.

Wrth wrando'r saga am Jac Black yn ymfudo i Sbaen amrywiai hwyliau Ceinwen o anghrediniaeth i syndod, o syndod i fileindra ac o fileindra hyd at wenu'n gymedrol. Tuedd Eilir hefo sefyllfaoedd o'r fath, sefyllfaoedd nad oedd newid arnyn nhw, oedd eu dychanu drwy roi gormod o baent ar y brws.

'Ac oeddat ti'n deud ei bod hi'n wraig lydan, Eil?'

'Fel artic.'

'A be neith Jac o ran taldra? Neith o bum troedfadd?'

'A hannar . . . hefo welingtons.'

'Wel mi mygith o'n gorn!'

'A'i fflatio fo'n grempog.' A chofiodd Eilir am ei fagwraeth ar bwt o ffarm fach ym Mhen Llŷn ac fel y byddai ambell i hwch ddiofal, wedi esgor, yn gorwadd ar un tinllach nes smwddio hwnnw'n sosej. Wedi'r hwyl, sobrodd yr awyrgylch.

'A phryd y bydd o'n codi angor?' holodd Ceinwen.

'Ddaru o ddim deud.' A dyna'r foment y tybiodd Eilir y

byddai hi'n amserol i sôn yn gynnil am gais Jac Black. 'Ond mi fydda'n ddymunol petai'r Capal yn rhoi rwbath, rwbath bach felly, yn 'i bocad o wrth 'i fod o'n ein gadal ni. Wedi'r cwbl, y fo ydi gofalwr y lle.'

'Eilir!'a thaflodd Ceinwen gip mi-wn-i-be-sy'n-dwâd-nesa i gyfeiriad ei gŵr, 'Be 'ti wedi'i addo i'r Jac Black 'na?'

'Dw i wedi addo dim byd, Cein bach. Wir i ti! Dim ond ma' dymuniad Jac, 'rhen dlawd, fydda'n bod ni'n cynnal oedfa y Sul ola y bydd o hefo ni.'

'Oedfa?'

'Ia, jyst oedfa arferol. A bod yna gyfla i bobol, yn ystod yr oedfa, roi rwbath yn y casgliad.'

'Bod casgliad bora Sul yn mynd yn bresant i Jac Black?' ac aeth llygaid Ceinwen yn ddwy olwyn trol. 'Dw i, Eilir, i goelio be dw i'n glywad?'

'Dim ond pawb sy'n dymuno gneud hynny, Cein. Casgliad rhydd fydda fo. Dim gorfodaeth ar neb.'

'Mi fydda hi'n rheitach lawar i Jac Black roi arian i'r Capal. I glirio'r baw fydd yno ar 'i ôl o.'

'Wel, ein bod ni'n talu da am ddrwg ydi gorchymyn y Beibl.'

'Wn i,' a dechreuodd cydwybod Ceinwen ei phigo.

'Na, Cein bach, leciwn i'n bod ni'n rhoi rhwbath yn 'i gadw-mi-gei pan fydd o'n mynd. Does gynno fo fawr ddim teulu. Wel, hyd y gwyddon ni. Dim ond Cringoch.' Ceisiodd Eilir roi'r un tinc dagreuol yn ei lais ag a wnaeth Jac Black ddwyawr ynghynt, 'Achos, 'ti'n gwbod be Cein, neith neb arall.'

Meddai Ceinwen, wedi eiliad o dawelwch, 'Dyna pam dw i'n dal i dy garu di, Eilir Thomas.'

'O?'

'Nid oherwydd dy steil gwallt! . . . Cofn iti feddwl hynny.'

* * *

'John Black, ife?' holodd y ferch ifanc, drendi, yn cesio swnio'n falch o'i weld. Bu'n fore ffwndrus iddi; y dyn camera a'r dyn sain newydd gyrraedd ac ar hast i adael, i fynd i fan arall.

'Ia. Ond fel Jac y bydda Mam, 'rhen garpan, yn cyfeirio ata i. Cyn imi 'i cholli hi te?' Ac arfer Jac Black i geisio ennyn cydymeimlad oedd mynd am y Stratford.

Aeth y ferch ifanc ati i ysgwyd llaw hefo Jac yn ei brofedigaeth ddiweddar, fel y tybiai, ''Wy'n cymryd bo ni'n cyfeirio, man hyn, at Musus Black?'

'Miss!' cywirodd Jac.

'Ma'n ddrwg 'da fi.'

'Dew, peidiwch â styrbio'ch hun am eiliad. Tuadd Mam, ylwch, oedd rhoi'r trelar o flaen y tractor.'

'Gwedwch chi,' ond heb ddeall ergyd yr idiom. Estynnodd law hirfain, ewinbiws, i'w gyfeiriad, 'Melangell ferch Rhisiart yw'n enw i. Fi, nawr, sy'n cyflwyno *John Dwy Geiniog*.'

Camddeallodd Jac y sefyllfa'n llwyr, 'Diawl, fedrwch chi ddim cyfeirio ata i fel'na ar y telifision? Fydda i'n sbort gwlad.'

'Na na, Jac,' a chwerthin yn ofalus, 'smo fi'n cyfeirio atoch **chi** nawr. 'Na yw enw'r gyfres w.' I roi tarddiad yr enw, dechreuodd Mel hanner hymian, hanner canu hen unawd i blant, unwaith, a jeifio peth yr un pryd, 'Holi hwn a holi'r llall, a holi John Dwy Geiniog'.'

'O! Deudwch chi,' ond wedi mwynhau dim ar y canu.

'Bwriad y gyfres yw myn' mas i'r gymdeithas, i whilo am bobl fel chi nawr,' ac aeth Melangell ferch Rhisiart i fymryn o ecstasi. 'Dynon sy'n fwy na bywyd. Dynon wedi rhoi'u bro ar y map.'

'Thenciw,' ebe Jac, wedi meirioli erbyn hyn ac yn teimlo'i hun yn ffitio i'r dim i oriel o anfawrolion.

Pesychodd y dyn camera, yn Gymraeg, mewn ymdrech i gyflymu pethau a daeth Melangell yn ôl i'r ddaear. 'Maddeuwch i fi, dyma Stanley, y gŵr camera,' a phwyntio. 'Sais yw Stanley ond ma' fe'n diall shwd lot o Gwmrâg. A fe sy'n cyfarwyddo he'd.' Pwyntiodd at ŵr ifanc, hirwallt, yn dal rhywbeth tebyg i frws stabl yn ei law dde, 'A 'ma Stanton, fe sy yng ngofal y sain. Ma' fe yn siarad Cwmrâg.'

Doedd gan Stanton, na Stanley o ran hynny, ddim mo'r diddordeb lleiaf yn Jac; amser oedd y peth mawr.

Y bore oer hwnnw yn nechrau Medi, dim ond Melangell ferch Rhisiart oedd ar y Cei am yr ugain munud cyntaf. Yn llawer diweddarach y cyrhaeddodd y ddau dechnegydd, yn yr un ddormobîl. Wedi gair neu ddau hefo'r gyflwynwraig aethant ati ar frys i rigio'u gêr. Ymhen ychydig funudau daeth Jac Black allan drwy ddôr gefn 2 Llanw'r Môr â pharsel hirsgwar mewn bag bin, du o dan ei gesail.

Dechreuodd tyrfa dda ymgasglu o sawl cyfeiriad. Roedd yna nodyn wedi ymddangos yn Porth yr Aur *Advertiser* yn hysbysu'r darllenwyr y byddai Jac Black yn rhoi'i gyfweliad olaf i'r cyfryngau'r pnawn Llun dilynol. Eglurid, hefyd, y byddai'r digwyddiad hanesyddol hwnnw'n cael ei ffilmio gan *Deledu Pandora* ar gyfer S4C. Roedd Jac wedi anfon yr un cyhoeddiad yn union i'w ddarllen yng nghapeli ac eglwysi'r dref. O'r herwydd, roedd rhai o siopau'r dref wedi cau dros yr awr ginio er mwyn i'r gweithwyr gael gwylio'r cyfweliad. Yn wir, roedd Moi Tatws wedi cau'i siop am ddarn o bnawn iddo gael manteisio ar y miri a phicio i'r 'Fleece' yn unionsyth wedyn. Daeth Fred Phillips, yr Adeiladydd, yno a pharcio'r *Mercedes Benz E-Class Executive,* lliw arian, o fewn lled llwybr cerdded i'r criw ffilmio.

Ym mhen pella'r Harbwr roedd yna anferth o graen melyn â'r geiriau 'Shamus O'Flaherty Mulligan a'i Feibion' mewn du trwm ar ei gorn gwddw. Fry yn y bwced, ar flaen ucha'r jib, roedd Taid Shamus a Patrick a Mickey – ''ogiau bach breit, ia?' – wedi cael eu codi i'r awyr iddyn nhw gael gweld 'boi local ar telifision.'

Pesychodd Stanley unwaith eto, yn fwy Cymreig os beth, ac aeth Melangell ferch Rhisiart at ei gwaith. 'Nawr Jac, chi i edrych arno i. Chi'n diall?'

Taflodd Stanley gip i gyfeiriad y gyflwynwraig, cyfri deg eiliad â'i siâp ceg a chyfarwyddo, *'Camera . . . speed . . . action . . . and cue, Mel.'*

'Melangell ferch Rhisiart yw'n enw i a wy'n siarad dach chi heno . . .'

'Diawl, amsar cinio 'di rŵan,' torrodd Jac ar ei thraws.

'*Cut!*' gwaeddodd Stanley.

Roedd Melangell ferch Rhisiart heb egluro i Jac mai ffilmio tamaid ymlaen llaw oedd y bwriad, ei olygu wedyn a'i slotio i mewn i'r rhaglen yn ddiweddarach.

Dechreuwyd eilwaith, *'Take two then . . . camera . . . speed . . . cue.'*

'Melangell ferch Rhisiart yw'n enw i a wy'n siarad dach chi heno o dre enwog Porth yr Aur. Yn cadw cwmni i fi, 'ma, ar lan y môr, ma' Jac – Jac Black. Jac yw un o gymeriade enwoca'r dre hynafol hon. Ond gyda hyn, ma' fe'n myn' i droi'i gefen ar yr hen dre.' Trodd i'w wynebu, 'Chi o'r parthe hyn ond dych chi, Jac?'

'Nagdw'n tad,' atebodd Jac, yn anghynefin â Beibl 1588 – na'r un argraffiad arall o'r Beibl o ran hynny – a'r gair 'parthau' yn ddieithr iddo. 'Un o Borth yr Aur dw i, ylwch, wedi 'magu a 'ngeni yma.' Yn union fel petai'r cyw wedi ymddangos yn gyntaf a'r wy'n ddiweddarach.

'Ac yn y man hyn,' a bu'n rhaid i Melangell ferch Rhisiart gael cip sydyn, allan o olwg y camera, ar ei llyfr nodiadau, 'y . . . 'na ni, rhif dou, yntefe, Llanw'r Môr,' a dechreuoedd y camera banio'r Harbwr a chanolbwyntio, 'ma'r bwthyn bach lle ganed Jac.'

'Ddim cweit.'

Dechreuodd Melangell felltithio'r ymchwilydd, 'Ac ymhle cawsoch chi'ch geni, Jac?'

'Yn Siop Wlwyrth.'

'Jiw jiw.'

'Mi aeth Mam, ylwch, allan i neud mymryn o siopio ac mi aeth hi'n wasgfa arni. Ac mi fuo rhaid iddi

’ngyllwng i yn y fan a’r lle, wrth y cowntar da-da.’

‘’Na ddiddorol w. Ond Jac, man hyn cawsoch chi’ch cwynnu lan?’

‘Bosib iawn,’ ddim yn deall y dafodiaith. ‘A ma’ Miss Tingle, ylwch,’ a rhoi’i fys bron ar lens y camera, ‘yn byw drws nesa imi. Dew dynas dda, Miss Tingle.’

‘Pringle,’ cywirodd Moi Tatws, oedd wedi cael ei hun o fewn naid chwanen i’r camera. ‘Achos acw, ylwch,’ eglurodd i Felangell, ‘y bydd hi’n ca’l i sbrowts a’i . . .,’ a cheisiodd Moi gofio’r gair Cymraeg, wrth mai rhaglen Gymraeg oedd hi, ‘a’i bresus . . . m . . . ’i bresych.’

‘Cut!’ bloeddioddodd Stanley unwaith yn rhagor.

Ceisiodd y gyflwynwraig egluro i Moi, ac i bawb arall a oedd o fewn clyw, mai cyfweliad un wrth un oedd y bwriad.

Aildaniwyd, *‘Take three then . . . camera . . . speeed . . . and cue, Mel.’*

‘Nawr, fe awn ni’n gyflym at y rheswm pam chi am fynd bant.’

‘Sut?’

‘Rheswm pam chi’n gadel?’ Aeth y ferch ifanc ati i fod yn naturiol hyd at fod yn blentynnaidd, ‘Ma’ deryn bach wedi gweud wrth Melangell bo dach chi, be wedwn i nawr, sbwner yn Sbaen.’

‘Sgwnar yn Sbaen?’ holodd Jac. ‘Diawl na, cwch sgin i ym Mhorth yr Aur.’

‘Na na, nage sgwner w. Ym . . . be wedwn i nawr, wejen?’

'Y?'

'Merch ifanc. Ma' dach chi ferch ifanc yn Sbaen.'

Syrthiodd y geiniog. 'Na, dydi hi ddim yn gywan o bell ffordd,' eglurodd Jac, 'ond mi fydd hi'n newydd i mi, bydd?' Cododd cawodydd o chwerthin dialw amdano o blith y dyrfa.

'Chi am weud wrth y genedl, Jac, beth yw 'i henw hi?'

'Fedra i ddim mo'i gofio fo ar y feri moment. Ond ma'i llun hi, ylwch . . . ,' ac aeth Jac allan o lygaid y camera i chwilio am y bag bin. 'Mae o gin i yn fa'ma.'

'Cut!'

Wedi cryn ailosod dyrnwr, a chynghori Jac i sefyll yn ei unfan o hynny ymlaen, penderfynwyd crynhoi pethau. Y tro yma, roedd Jac i ddal y llun a'i ddangos i Felangell.

'Take ten . . . camera . . . speeed . . . and cue, Mel.'

'Jiw, ma' hi'n ferch lydan ond dyw hi?'

'Fel drws ar 'i ochr,' ebe Jac, gyda balchder mawr. 'Faswn i'n deud y bydd isio ca'l sgrîn ddeugain modfadd, os nad hannar cant, i ga'l 'i hochrau hi i mewn.'

'Cut!' Teimlai Melangell fod cyfeiriad Jac Black at faint sgriniau setiau teledu'n ffinio ar hysbysebu – peth nas caniateid. Rhag digwydd a fo gwaeth, penderfynodd Stanley, a fo oedd yn cyfarwyddo, mai'r peth doethaf o ddigon fyddai dod â phethau i ben mor fuan â phosibl, *'Take eleven then . . . camera . . . speeed . . . and cue.'*

'Nawr Jac, fe ddoda i'r ferch 'ma'n ôl ichi. . .W!', wrth deimlo rhywbeth blewog yn rowndio'i choesau. Anghofiodd Melangell y dylai gohebyddion teledu ddal i lefaru hyd yn oed 'pe symudai'r ddaear a phe treiglid y mynyddoedd i ganol y môr'.

'Cut!' ebe Stanley wedi llwyr ddiflasu.

Pwy oedd wedi cyrraedd y set ond Cringoch, yn troelli o gwmpas coesau'r gyflwynwraig, fel y bydd cathod, ac ar droi'i ben-ôl at ei hesgid dde i farcio'i diriogaeth. Fel y bydd cathod, rhai gyrfod felly.

'Ych-â-fi,' fel roedd Crinc yn dechrau ymarllwys. 'Cath yw e?'

'Cwrcath.'

'Sut?'

'Cwrcath.'

'Ond ma' fe'n debyg i gath.'

'Ddim ytôl. Ne fasa fo ddim wedi medru gneud y damej mae o wedi'i neud. Dydi'i ddisgynyddion o fel chwain ar hyd a lled y dre 'ma.'

Pan oedd Stanley newydd gyrraedd '*Take fourteen*' aeth syched hogiau'r 'Fleece' yn drech na phethau, a dyma nhw'n dechrau troi'n ôl am y dafarn. Roedd y dyrfa, hefyd, wedi cael hen ddigon ar y stŷnt ac yn prysur chwalu.

Y peth nesaf welodd Shamus Mulligan o'r bwced ar ben y jib oedd Jac Black yn rhwygo'r meic oddi ar goler ei jyrsi, codi'r llun a'i roi o dan ei fraich, gwthio'r bag bin i boced ei drowsus a throtian am y 'Fleece'. Gwaeddodd yntau ar Liam, ei fab, i ollwng y bwced yn ôl i'r ddaear.

Bwriad gwreiddiol Taid Shamus oedd mynd â'i wyrion yn ôl i'r ysgol ond aeth ei flys yntau'n fwy na'i ewyllys. Cred Shamus Mulligan oedd – fel gyda'i blant ei hun, unwaith – fod i addysg allanol ragorach manteision ar gyfer y grefft o fyw na'r un ffurfiol. A golygfa deimladwy ddigon oedd gweld Taid Shamus a'r ddau fach, un ymhob llaw iddo, yn croesi'r Harbwr i gyfeiriad y 'Fleece'. Dyna fo, nid bob dydd bydd ''ogiau bach breit' yn cael ysgwyd llaw hefo 'boi local 'di bod ar telifision'.'

* * *

'Dw i'n meddwl bod yma naw punt a hannar can ceiniog,' meddai Meri Morris, wedi arfer â chyfri pres llefrith. 'Wel, o fewn chydig geiniogau deudwch.'

'Dim ond hynny bach?' holodd y Gweinidog mewn anghrediniaeth.

'Ond ma' yma dri darn arian o ryw wlad arall,' eglurodd Meri wedyn, 'un pisyn deg ceiniog fel tasa fo wedi bod dan stîm rolar a dau bolo-mint. Rhywun 'di lluchio rheini ar y plât mewn camgymeriad mae'n debyg. Wel, ne o fwriad.'

'A'r papur ugian rois i? Ma' hwnnw yna.'

'Nagdi,' meddai Meri, yn ddidaro ddigon. 'Wela i ddim sein o hwnnw. Ond dyna fo, 'nes i ddeud wrthach chi, do, am beidio â'i fentro fo?'

Dyna oedd y gwir. Yn ôl y trefniant ymlaen llaw, roedd y Gweinidog wedi sleifio allan i'r festri yn union wedi'r weddi i gyfri'r arian a fyddai ar y plât casglu a Meri wedi gwirfoddoli i ddod allan i'w gynorthwyo. Bwriad y ddau oedd bod yn ôl yn y capel cyn amser y bregeth. Yna, cyn canu'r emyn olaf, câi'r Gweinidog gyfle i gyflwyno'r rhodd i Jac, mewn amlen wedi'i selio, a dymuno'n dda iddo ar ei ymadawiad.

Pan gyrhaeddodd y Gweinidog a'i wraig i'r oedfa'r bore hwnnw roedd Jac, er syndod i bawb, yno cyn pryd ac yn paredio i fyny ac i lawr llwybrau'r capel yn yfed dymuniadau da hwn ac arall. Cyn mynd i mewn i'r oedfa eglurodd y Gweinidog i Meri ei fwriad i roi ugain punt ar y plât ymlaen llaw.

'Bobol y ddaear,' meddai Meri, 'be gnewch chi beth felly?'

'Fel siampl te?'

'Siampl, ddeutsoch chi?'

'Cofn ma' cyndyn fydd pobol i gyfrannu. Mi ddyla gweld papur ugian ar y plât fod yn fath o ysgogiad iddyn nhw.'

'O ran hynny,' broliodd Meri, 'dw i wedi rhoi mwy na hynny'n barod.'

'Wel chwarae teg ichi,' ac yn teimlo'i hun fymryn yn siabi'n gosod rhicyn mor isel iddo'i hun. 'Dach chi'n codi cwilydd ar rywun fel fi.'

'Dydi'r llymbar ddim wedi talu dima am 'i lefrith i mi ers dechrau Ebrill a ma' hi, rŵan, yn tynnu am ddiwadd Medi. A chan na wela' i mo'r arian waeth imi 'u rhoi nhw iddo fo ddim.'

Wedi strygl i ddarganfod unrhyw gymhariaeth Feiblaidd o gwbl, penderfynodd Eilir sôn am Abraham yn mynd allan o'i wlad 'heb wybod i ba le roedd yn myned'. Cyn gadael y tŷ roedd y cyffelybiaethau'n gweithio'n weddol ond wedi codi ar ei draed roedd pob un yn chwalu o dan ei ddwylo. Yn wahanol i Abraham y Beibl, roedd gan Jac ryw syniad 'i ba le roedd yn myned', o leiaf roedd ganddo gyfeiriad y fila moethus hwnnw yn *Puerto de Suenos*. Ac o gymharu ag Abraham, roedd amcanion Jac Black wrth 'fynd allan o'i wlad' – 'drinks cheap, music loud, nights long' – yn taro'r gwaelod.

Ar ddiwedd yr oedfa, daeth Jac Black ymlaen i'r sêt fawr yn yr hen jyrsi llongwr a wisgai'n ddyddiol ac oglau pysgod stêl wedi cyrraedd yno o'i flaen. Cyn cyflwyno'r amlen iddo, aeth y Gweinidog ati i garthu allan yr ymadroddion treuliedig, arferol, a ddefnyddir pan fydd rhywun neu rywrai'n codi angor. Daliodd ar y cyfle i ddymuno'n dda i Jac yn y wlad newydd gyda'r gobaith y byddai'r siwrnai yno'n un ddidramgwydd. Fe'i siarsiodd, hefyd, i gofio dychwelyd i fro ei febyd a hynny mor aml â phosibl.

Roedd rhywun wedi rhoi benthyg *Caneuon Ffydd* i Jac ac wrth gymryd hwnnw o'i ddwylo, iddo gael ysgwyd llaw, y teimlodd Eilir y surop am y waith gyntaf. Roedd hwnnw, nid yn unig wedi glynu tudalennau'r llyfr emynau yn ei gilydd ond, bellach, yn glynu'r llyfr emynau yn nwylo'r Gweinidog. Yna, wrth gydio yn amlen y rhodd glynodd yr amlen yn y llyfr emynau a bu'n rhaid i'r Gweinidog gyflwyno'r ddau yn rhodd i Jac. Yn wir, wedi'r ysgwyd llaw bu'n rhaid i Eilir gymryd ei law chwith i blicio'i law dde oddi wrth law dde Jac Black. Wedi hynny, aeth ei ddwylo yntau'n sownd yn ei gilydd.

Pan ofynnodd y Gweinidog iddo ddeud gair o ymateb, a'r diafol a'i cymhellodd i hynny, fe aeth hi'n big ar Jac. Glynodd ei dafod yn nhaflod ei enau er bod surop y bore hwnnw wedi'i hen dreulio. Wedi'r cwbl, roedd yna gyfandir o wahaniaeth rhwng sefyll yn sêt fawr Capel y Cei ar fore Sul a phwyso ar far y 'Fleece' ddyddiau'r wythnos. Ond arfer oes a'i hachubodd. Trodd at y gynulleidfa, yn surop i gyd. Yna, cododd beint dychmygol uwch ei ysgwydd a dweud yn siriol ddigon, 'Iechyd da ichi, wan-an-ôl!'

Cyn cloi, i ddangos ei blu, mentrodd Eilir gymal o Sbaeneg, a hwnnw wedi'i bigo'n frysiog oddi ar y we, *'Adiós mi flor!'* A dyna'r tro cyntaf i neb alw Jac Black yn 'flodyn'. Ond yn ddamweiniol y gwnaed hynny. Nid bod Jac, na'r Gweinidog o ran hynny, flewyn callach.

Pan aeth y Gweinidog ati i ysgwyd llaw gyda'r addolwyr ar y ffordd allan, a rheini wedyn yn ysgwyd llaw hefo'i gilydd, roedd hi'n mynd yn gydlynu yno. Ond hwyrach mai'r peth mwyaf cofiadwy o bob dim y bore hwnnw oedd Cecil, pan oedd pobl yn gadael y capel, yn taro 'We'll keep a welcome in the hillside' nes bod byddin o bryfaid cop, fel Abraham gynt, yn gadael pibau'r organ, yn llythrennol 'heb wybod i ba le roeddynt yn myned'.

* * *

Y bore Sadwrn canlynol, wedi galw yn Siop Lloyd C. Lloyd ar y Stryd Fawr am ei bapur newydd, penderfynodd Eilir rowndio'r Cei ar ei ffordd adref. Roedd hi'n fore hydrefol, digon braf, ac eto roedd yna arwyddion glangaeaf i'w gweld tua'r Harbwr: y cychod moethus a angorai yno gydol yr haf wedi hwylio am ddiogelach morfâu, siopau a werthai geriach glan môr i ymwelwyr eisoes wedi'u byrddio i fyny cyn y tywydd mawr. Oedd, roedd yna lond dwrn o 'fisitors mwyar duon', fel y'u gelwid, yn crwydro'r traeth yn ddiamcan; yn gwagswmera, mae'n debyg, rhwng brecwast rhy gynnar yn yr Afr Aur a'r coffi canol bore, yn nes ymlaen, yn y Tebot Pinc.

Wedi cyrraedd rhes tai Llanw'r Môr aeth y Gweinidog mor agos â phosibl at y wal atal llanw i gael cip ar rif dau – cartref yr hen Jac, unwaith. Rhythodd ar y ffenestr ffrynt ddilenni. Roedd yr arwydd 'Dim Rhegi' yn dal yno ond bod y pryfaid cop, yn absenoldeb y trigiannydd cop, wedi cael cystadleuaeth gwau ym mysg ei gilydd a hanner ei guddio.

Rhythodd yn fanylach ar y ffenestr a chododd ei galon.

Doedd y poster 'Tŷ ar Werth' hwnnw ddim yno. Rhaid felly fod Jac wedi llwyddo i gael cwsmer. Erbyn meddwl, fyddai cael cwsmer i dŷ o'r fath ddim wedi bod yn anodd ym Mhorth yr Aur; digon o waith cyweirio arno i'w bris fod yn rhesymol, y tŷ fwy neu lai ar y tywod ac yn wynebu Ynys Pennog. Dyna dŷ haf arall yn rhes tai Llanw Môr oherwydd bod ei gyn-berchennog wedi ymfudo.

Am eiliad, dychmygodd ei fod yn gweld Jac Black yn gorweddian mewn haul rhy boeth wrth y pwll nofio hwnnw yn *Calle de rosas* a Carmen yn gorwedd gyferbyn ag o ar wely haul arall – un dwbl. Dyna fo, o fod wedi gwerthu'i dŷ byddai gan Jac fwy o *pasitos* i'w gwario ar y Costa del Sol.

Yn sydyn, teimlodd y Gweinidog rywbeth byw yn rhwbio coes ei drowsus, 'Yr hen Grinc, chdi sy 'ma?' Gwnaeth Cringoch siâp mewian â'i geg, ond nad oedd y mewian yn glywadwy, a gogr-droi amgylch-ogylch coesau'r Gweinidog. 'Ac ma'r hen Jac wedi dy adal di ar drugaradd y plwy.'

Pan oedd Cringoch ar farcio allan ei diriogaeth, yn union ble roedd traed y Gweinidog ar y pryd, cafodd amgenach syniad. Sylwodd yr hen Grinc ar gath wen, un fanw mae'n fwy na thebyg, yn llyfu'i blew ar gawell cimwch oedd wedi'i godi ar ei golyn. Yna, cerddodd i'r cyfeiriad yn deigr i gyd i gael gweld a oedd concwest arall yn bosibl.

Wedi cerdded i ben y rhes, i fynd i gyfeiriad y Grisiau Mawr, pwy oedd yn fan honno'n rhannu llefrith, a'r *Daihatsu* bregus yn cnocio troi bob yn ail â bygwth diffodd, ond Meri Morris; hen gôt uchaf i Dwalad ei gŵr amdani, welingtons â'u hochrau'n faw gwartheg ffres a'r cap gwau arferol am ei phen.

'Sudach chi, Meri Morris?'

'Ydach chi'n o dda, Mistyr Thomas? Wedi bod yn cerddad y traeth dach chi?'

'Ia. A newydd fynd heibio i dŷ Jac Black, a theimlo rhyw chwithdod mawr.'

'Ia debyg.'

'Dos yna rwbath yn ddigalon, deudwch, mewn tŷ gwag?'

'Does yna hefyd,' meddai Meri'n chwarae'r gêm.

'A'r hen gath druan, yn fan'no, yn weddw.'

'Dda gin i mo'r sglyfath.'

'Jac?' holodd y Gweinidog, yn cofio barn arferol Meri am yr hen longwr.

'Naci'n tad, y gath.'

'O.'

'Dydi o'n piso ar lwynion y picyp cyn 'mod i'n ca'l cyfla i frecio.'

'Y gath felly?'

'Ia siŵr. Ond doedd 'i berchenog o fawr glanach.'

'Wel sgin i ond gobeithio y daw o i roi tro amdanon ni cyn bo hir.'

'Ella 'i fod wedi dŵad yn barod,' awgrymodd Meri yn dechrau gollwng cath arall allan o'i chwd.

'Ond dim ond newydd ein gadael ni mae o.'

'Pan o'n i'n gollwng y llaeth gafr fydd hi'n ga'l ar stepan drws Miss Pringle, dyma ffenast llofft drws nesa'n agor.'

'Ffenast Jac?'

'Ia siŵr. A dyma fo'n rhoi'i ben allan, a fynta heb ddim amdano – wel, dim ond 'i drons – ac yn ordro peint o laeth hufan dwbl. Ac wedi tynnu'i ben i mewn, dyma fo'n 'i wthio fo allan wedyn, ac yn ordro'r un fath i'r gath.'

'Mae o yn 'i ôl, felly?'

'Os buodd o 'ma o gwbl 'te,' meddai Meri. 'Dim ond digon i wario be oedd yn yr enfilop. Wel, a'r ugain punt hwnnw y buoch chi mor wirion â'i roi ar y plât yn y lle cynta. Golchi 'nwylo oddi wrth ddyn fel'na baswn i. '

Gyda chil ei lygaid gwelodd Eilir fod yna ddwy botel lefrith blastig ar stepan drws 2 Llanw'r Môr, 'Ond mi adawoch chithau lefrith iddo fo, Meri Morris?'

'Do, er na wela i ddim ffadan benni amdano fo. Ond llaeth sgim adewis i i'r cwrcath 'na.'

Wedi llusgo'i hun i fyny i'r cab, gwthiodd Meri'i phen allan a'i droi i gyfeiriad y Gweinidog, 'Biti'ch bod chi'n sôn cymaint am yr Un oedd wedi mopio hefo pechaduriaid, Mistyr Thomas.'

'O?'

'Oni bai am hynny, wedi'i adal o ar 'i gythlwng baswn i. A'r gath.'

'Ma' hi'n dda, Meri Morris, bod yr had yn disgyn ar dir da, weithiau.'

Wedi i Meri ramio'r peiriant i gêr a chychwyn, gorchuddiwyd y Gweinidog, fel bob amser, mewn cwmwl o fwg afiach fel na allai yntau, mwy nag Abraham gynt – beth bynnag am Jac Black – 'wybod i ba le roedd yn myned'.

4. YMDDEOL I BALLYBACHMOCH

Fel ganwaith o'r blaen, pan oedd y Gweinidog newydd groesi'r stryd gyferbyn â siop O'Hara'r Bwci aeth yn benben â Shamus Mulligan a oedd ar ei ffordd allan.

'Neis gweld chdi, Bos.'

'Finnau'r un modd.'

Fel bob amser, tybiodd y tarmaciwr fod y Gweinidog ar ei ffordd i mewn. 'Gwranda Bos, rho pres Sul chdi ar *Agnostic* yn Haydock. Ceffyl da, ia?'

Gyda llaw yn ddu o dar gwthiodd y tincer fwndel trwch bricsen o bapurau degpunt, yn ôl eu golwg, i boced gesail ei gôt felen – y gôt tarmacio.

O hir brofiad, penderfynodd Eilir nad oedd yna bwrpas i geisio'i oleuo. 'Dach chithau, ma'n amlwg, 'di ca'l helfa dda, Shamus.'

'Shamus dim dallt chdi rŵan?'

'Gweld chi'n gwthio bwndal o bapurau punnoedd i'ch pocad.'

'Brenin Mawr 'di bod yn ffeind hefo Shamus, cofia,' ac ymgroesi'n ddefosiynol, serch mai arian yr awdurdod lleol am wella'r ffyrdd a roed ar gefn y ceffyl cyflym hwnnw, mae'n ddiamau. 'Gnath ceffyl o, ia, dŵad i mewn *ten to one* yn Oakhampton.'

I gael y mân siarad arferol drosodd, penderfynodd y Gweinidog holi yn syth am wraig Shamus; i'r cyfeiriad hwnnw y rhedai'r sgwrs bob tro. A chyflwr coesau Kathleen Mulligan a ddeuai i'r bwrdd bob gafael. Ceisiodd daro nodyn cadarnhaol, 'Ma' Musus Mulligan yn dda iawn, erbyn hyn?'

Camddeallodd Shamus dôn y llais a dweud gyda balchder, 'A 'ti 'di gweld 'i coesau fo *at last*?'

'Do . . . m . . . naddo.' O glywed cymaint brywela ynghylch dwygoes Kathleen Mulligan, druan, aeth ffaith a dychymyg yn gwlwm-gwlwm ym meddwl y Gweinidog.

'Paid poeni, Bos,' meddai Shamus. 'Cei di stag arnyn nhw rwbryd 'to, ia? Musus chdi'n ocê?'

'Ydi, diolch,' a pharatoi i symud ymlaen.

'Hei, dal dy dŵr am second. Gin Shamus *good news* iti.'

'O?'

'Dim ond ichdi cadw fo i fyny pen-ôl chdi, ia?' Dechreuodd sibrwd, '"Ti'n gwbod be, Bos? Ma' Tad Finnigan yn gif-yp.'

'Be? I'n ymddeol?'

'Gnath o deud yn *Mass,* ia? A gnath gwraig Shamus deud wrth Shamus wedyn – cyn bo fo'n mynd i gwely.'

'Newydd annisgwyl.'

'Dyna ti be di boi giami, Bos,' a dechrau ar y diwn gron arferol.

Ond roedd Eilir yn amharod i wrando ar Mulligan yn lladd ar ei offeiriad, 'Shamus, ma' Jim, y Tad Finnigan felly, wedi gneud dwrnod da o waith ym Mhorth yr Aur 'ma. Da dros ben.'

Meiriolodd hwnnw, fymryn, ond yn dal i fynegi'i hen, hen gŵyn, 'Ond bo fo'n yfad, ia?'

'Mae o fymryn yn ffond o'i dropyn, ydi. Ond peth arall ydi hynny, Shamus. A phrun bynnag, ma' isio pig glân i ganu.'

Roedd idiom felly tu hwnt i ddealltwriaeth y tarmaciwr, ond synhwyrodd fod yna feirniadaeth yn nhôn y llais a newidiodd yntau'i dôn. 'Ond ma' Kathleen, gwraig fi, ia?' Fel petai honno'n ddiarth i'r gymdogaeth. 'Ma' fo am gofyn i Yncl Jo . . .' ac arallgyfeirio ar hanner brawddeg, 'y . . . 'ti'n cofio Yncl Jo fi, Bos?'

'Ydw,' ond osgoi ychwanegu mai medru'i anghofio a fyddai'n fendith.

'Ma' fo,' a Kathleen oedd honno, 'am gofyn i Yncl Jo gneith o prynu presant i Tad Finnigan dros pawb.'

'O?'

'Wrth bod teulu Shamus yn teulu tlawd, ia?' A swnio'n ddagreuol cyn bywiogi'n sydyn, 'Ond ma' Yncl Jo fi, sti, yn rowlio mewn loli.'

Ond stori wahanol oedd gan y tarmaciwr y tro olaf y caed sgwrs, 'Ond doedd o ddim yn gorfod talu am fagu ryw fabis yn rwla?'

'Ballybunnion 'ti'n meddwl?'

'Ia.'

''Di bod ma' hynny, Bos. Ma' fforensic, rŵan, yn deud yn gwahanol.'

'Bobol!'

'A ma' fo 'di ca'l pres parental i gyd yn ôl, cofia.'

'Wel, da iawn wir.'

'A *ten per cent* ar top o.'

Ni theimlai'r Gweinidog y dylai wastraffu rhagor o'i amser yn trafod tadolaeth rhyw blant yn y Connemara a'r posibilrwydd annymunol hwnnw mai hen ŵr pedwar ugain a phump, neu ragor, oedd eu tad. 'Wel, well imi'i throi hi rŵan, Shamus, ne ddo'i byth i ben â 'ngwaith.'

'Gwell i Shamus mynd hyfyd.'

'O wel,' mwmiodd y Gweinidog wrth gychwyn ymaith, 'mi fydd yn chwith iawn gin Ceinwen 'cw glywad fod y Tad Finnigan am roi 'i delyn ar yr helyg.'

'Ond gynno fo dim telyn, Bos,' meddai Shamus, yn dehongli'r idiom yn llythrennol. 'Dim nes bydd fo 'di mynd ypstêrs, ia? A bydd o'n lwcus os ceith o mowth-organ wedyn.'

Wedi cerdded hyd siop neu ddwy clywodd Mulligan yn gweiddi ar ei ôl, ''Ti'm isio i fi tarmacio dreif Capal chdi, Bos?'

'Ddim ar hyn o bryd,' ond yn golygu ddim byth.

* * *

'Hel pres clwb dach chi, Mistyr Thomas?' gwaeddodd llais diarth o'r pafin gyferbyn.

Trodd Eilir ei ben i weld Dic Walters, Person Porth yr Aur, yr ochr arall i'r stryd. Penderfynodd groesi i'w gyfarch. Yn un peth, rhag iddo gwpanu'i weflau unwaith yn rhagor, a gweiddi pethau gwaeth – ac yn uwch.

'Wyt ti ar fai gweiddi ar draws y stryd fel'na, Dic Walters.'

'Wedi mynd yn drwm dy glyw wyt ti, ynte 'rhen ddyn? Wedi gorfod gwrando gormod o gwynion am safon dy bregethau di, debyg.'

Arch dynnwr coes Porth yr Aur oedd Dic Walters ond ddim mor barod, bob amser, i gael tynnu'i goes ei hun.

'Dw i'n gneud fy ngorau, Walters.'

'Ca'l nhw ar y we y bydda i, y dyddiau yma.'

'Ca'l be?'

'Pregetha 'te.'

'Felly, ro'n i'n clywad,' ond nad oedd ddim wedi clywed hynny.

'Goelia i. Does 'na ganmol mawr arnyn nhw ymhob man. Dim ond 'u ca'l nhw i siarad Cymraeg sy'n angenrheidiol, a dyna ni. Bwyd parod, 'te was? Ma'r saint 'cw yn neidio amdanyn nhw fel brithyll ar ddwrnod mwll.'

'Gwaith dyn diog, faswn i'n ddeud.'

'Paid camgymryd, Eil bach. Dydi cacan siop, yn amal iawn, yn well 'i blas na phetha hôm-mêd. Ac i be yr eith rywun i hambygio, a nhwtha i' ca'l ar blat? Gyda llaw, ddoth dy geffyl di i mewn?'

'Ceffyl? Pa geffyl?'

'Dy weld ti'n camu i mewn i O'Hara pan oedd y Mulligan 'na'n camu allan.'

''Titha'n colli dim, Dic Walters. Gyda llaw, camu ymlaen 'nes i. Nid camu i mewn.'

Perthynas cicio a brathu fu rhwng Gweinidog Capel y Cei a'r Person gydol yr holl flynyddoedd y bu'r ddau'n cyd-weinidogaethu yn yr un dref, a'r ddau mor wahanol i'w gilydd â sofren a swllt. Nid yn unig o ran eu hymddangosiad – Eilir yn stwcyn byr a'r Person yn ddwylath tenau – ond o ran eu natur yn ogystal. Ond gwylied neb ddeud gair bach wrth arall am y naill na'r llall, a byddai'n well gan Eilir ofyn cymwynas i Dic nag i neb arall.

'Pa newydd sy'na 'rhen Eil?'

'Newydd glywad, jyst rŵan, a chymryd 'i fod o'n wir, bod y Tad Finnigan yn mynd i ymddeol.'

'Be, newydd glywad wyt ti?' a mynd am y llwy bren unwaith yn rhagor.

'Eiliad yn ôl.'

'Taw! 'Ti ar 'i hôl hi, was. Ma' hwnna'n hen newydd 'sti. Dw i'n gwbod ers bora Gwenar.'

'Ond ddoe, yn yr offeren, y daru Jim rannu'r newydd hefo'i blwyfolion.'

'Tasat ti'n cymysgu mwy hefo pobol, fel bydda i, yn lle rhedag o dŷ i dŷ, fel dyn hel siwrans, mi fasat ti wedi hen glywad.'

Ac un o fugeiliaid y stryd oedd Dic Walters. Fe'i gwelid yn crwydro palmentydd Porth yr Aur, beunydd beunos, yn llusgo'r ci siâp sosej hwnnw i'w ganlyn ac yn sgwrsio hefo pawb. Ar y llaw arall, dyn â dim eiliad munud i'w golli oedd y Gweinidog, a'r dyrnwr fyth yn troi'n wag. Ond yn rhyfedd iawn, roedd yr hamddena hefo pobl i'w weld fel petai'n well am dynnu cwsmeriaid na cheisio bod yn brysur a chreadigol.

'Na, mi ddeuda i wrthat ti. Un o dy gyfeillion mynwesol di ddeudodd wrtha i.'

'O? Pwy felly?'

'Wel Cecil 'te!' Ac fe wyddai'r Person yn union sut i dynnu gwaed.

''Dydi o ddim yn gyfaill mynwesol i mi.'

'O?'

'Wel, ddim mwy na neb arall.'

'Taw! Ond fel *my one and only* y bydd o'n cyfeirio atat ti, 'te? Ond, dyna fo, dydi peth felly ddim o 'musnas i.'

O weld maen sbring Eilir yn dechrau dadrowlio penderfynodd y Person symud yn ei flaen, 'Yli 'rhen ddyn, paid â gadal i mi dy gadw oddi wrth dy waith. A chofia fi'n annwyl iawn at Cein. Hogan gall, Cein.'

A doedd defnyddio byrfodd, fel'na, wrth gyfeirio at ei wraig yn ddim help i gadw'r Gweinidog rhag chwalu. Ond erbyn i Eilir feddwl am ergyd i'w thanio, a throi i'w wynebu, roedd Walters wedi sleifio rhwng y cerddwyr a'r brochgi i'w ganlyn. Cerddodd yntau yn ei flaen. Y gwir oedd bod Ceinwen yn credu, yn anghywir yn ôl ei gŵr, fod meillion yn tyfu o dan hysh-pypis Person Porth yr Aur.

* * *

Wrth y bwrdd swper, cafodd y Gweinidog a'i wraig hamdden i dreulio'r newydd am ymddeoliad annisgwyl y Tad Finnigan.

'A ma' hi yn stori wir, Eil?'

'Ydi, gwaetha'r modd. Shamus ddeudodd wrtha i, i ddechrau.'

'A fedri di ddim rhoi wyau dan hwnnw.'

'Medri, tro yma. Roedd Kathleen 'di bod yn yr offeren . . .'

'Dydi hi'n selog, dŵad?'

'. . . a Jim wedi cyhoeddi'r peth o'r allor. Welis i Dic Walters wedyn – yn larmio fel arfar – ac roedd yntau'n cadarnhau.'

'O! Os oedd Dic yn deud mae o bownd o fod yn efengyl.'

'Tasa hwnnw'n deud bod babis yn tyfu ar goed cwsberis mi fasat ti, Ceinwen, yn 'i goelio fo.'

'Baswn am wn i. Deuda di a fynni di, ma' clust 'rhen Dic yn reit agos i'r ddaear fel arfar.'

'Reit ar y pafin faswn i'n ddeud.'

Bu eiliad neu ddau o saib yn y sgwrsio. Y ddau'n meddwl am y newid oedd i ddigwydd ym Mhorth yr Aur ac atgofion am a fu yn dechrau dygyfor.

Fel y Mulliganiaid yn wreiddiol, o gorsydd Connemara, wedi tymor maith mewn coleg yn Sbaen, y cyrhaeddodd y Tad James Finnigan i'r dref, yn offeiriad ifanc ysgafn o gorff. Ond roedd hynny ymhell cyn i Eilir a Ceinwen gyrraedd Porth yr Aur. Aeth ar ei union ar gwrs i'r Brifysgol ym Mangor, fel y gelwid y sefydliad ar y pryd, i ddysgu'r Gymraeg a daeth i'w siarad yn rhugl, hyd at fod yn esiampl i amryw. Hwyrach fod ei Gymraeg, bellach, fymryn yn rhy glasurol i fod at iws bob dydd ond ddaru'i acen Wyddelig bylu dim. Erbyn hyn, roedd o yn sicr o fod yn ei bedwar ugeiniau da, mor foel â phêl snwcer ac yn rhy foliog i fedru penlinio pan oedd hynny'n wir angenrheidiol. Oedd, roedd Finnigan gyda'r siriolaf o'r gwŷr eglwysig ond eto'n Babydd ymosodol. Byddai Eilir yn galw heibio iddo ambell fore i roi'r byd eglwysig yn ei le.

'Mi fydd yn chwith iawn hebddo fo.'

'Chwith iawn, Cein. 'Ti'n deud y gwir. Ac i feddwl 'i fod o wedi treulio'i holl fugeiliaeth, o'r bron, yn cadw hogiau Shamus Mulligan rhag mynd i'r crocbren. Ond ma' Kathleen, chwarae teg iddi, yn babyddes i'r stanc'.

''Ti'n deud wrtha i!'

A dyna'r deufor-gyfarfod y bu'r Tad James Finnigan yn ceisio rhwyfo drwyddo am hanner can mlynedd. Ar un llaw, roedd anffyddlondeb diarhebol Shamus a'i deulu i ordinhad-au'r eglwys yn fara gofidiau iddo. Eto, epilgarwch anhygoel teulu'r Mulliganiaid, hyd at y drydedd a'r bedwaredd genhedlaeth erbyn hyn, a gadwai ddrysau'r Eglwys Babyddol yn agored ym Mhorth yr Aur. Yn wir, y diwydrwydd hwnnw ar eu rhan a sicrhâi fod y Tad Finnigan yn dal i fedyddio plant gyda chysondeb dyn mewn golchfa geir, a'r gwaith yr un mor beiriannol iddo mae'n debyg.

'Ceinwen,' a chododd Eilir o'i gadair, 'well i ni glirio a

golchi'r llestri 'ma ne mi fydd hi'n amsar gwely cyn inni droi.'

'Bydd,' a chodi i'w ganlyn. 'Gei di olchi ac mi 'na innau sychu.'

Meddai Eilir, â'i ddwylo yn y trochion yn pysgota am lwy de arall, 'Wyddost ti be, Cein? Gin i awydd galw heibio i Jim, i ddymuno'n dda iddo fo.'

'Gna ar bob cyfri. A deud 'mod innau, nei di, yn eilio?'

'Hwyrach y picia i heibio iddo fo, bora Sadwrn. Fydd digon o amsar wedi treiglo erbyn hynny, fel na fydd o ddim yn meddwl 'mod i'n busnesu.'

* * *

Y bore Sadwrn hwnnw, pan gyrhaeddodd Eilir y stryd a arweiniai at Dŷ'r Offeiriad, roedd yr holl draffig ar stop a hynny o'r ddau gyfeiriad. Roedd rhai gyrwyr allan o'u ceir yn ceisio gweld beth oedd yn atal y drafnidiaeth; eraill yn dal yn eu ceir ond yn canu cyrn y ceir hynny i ddangos eu cynddaredd. Rhywle tua chanol y rhes codai cwmwl o fwg, fel petai yna Bab newydd, newydd ei ethol. Ond wedi cyrraedd o fewn clyw i gnoc yr injan fe wyddai Eilir, i sicrwydd, mai o ben ôl *Daihatsu* hynafol Llawr Dyrnu y dyrchafai'r mwg afiach a bod Meri bownd o fod yn rhywle o dan y cwmwl hwnnw. Gwthiodd ei ffordd drwy'r caddug ac at ddrws y cab.

'Sudach chi, Meri Morris?'

Craffodd Meri drwy'r cwmwl, 'Mistyr Thomas, chi sy'na? Dydi hi'n troi'n fora niwlog sobor.'

Wyddai'r Gweinidog ddim yn iawn sut i ymateb i'r sylw heb frifo perchennog y *Daihatsu*. 'Wel ydi, am wn i, er bod hi'n glir fel grisial pan o'n i'n cerddad i lawr y Grisiau Mawr.'

'Felly o'n innau'n meddwl.'

'Ond . . . y . . . cofiwch, ma'na fymryn bach o fwg yn dŵad allan o egsost y pic-yp 'ma.'

'Felly oedd rywun yn deud wrtha i,' meddai Meri. 'Er na welis i rioed flewyn o fwg fy hun.'

'Ond dydi hwnnw tu cefn ichi, gan amla. Wel, ne uwch eich pen chi ac o'ch cwmpas chi, fel mae o bora 'ma.'

'Erbyn meddwl,' ebe Meri, 'mi roedd Cliff Pwmp, Clifford Willias felly, yn deud bod 'y mil oel i'n fwy na'r bil am y disyl.'

'Be sy'n dal y traffig yn ôl, deudwch?' holodd y Gweinidog i gael troi'r stori .

'Mi ddeuda i wrthach chi,' a chraffu drwy'r ffenestr flaen a oedd wedi hen felynu. 'Y Mulliganiaid felltith 'na sy'n trio tarmacio'r dreif at dŷ'r Pab, ac mae'u loriäu nhw ym mhob man fel chwiad ar rew.' Ac roedd hi'n syndod i Eilir gymaint o bobl Porth yr Aur, fel Meri Morris, oedd yn mynnu galw'r Tad Finnigan yn 'Bab'.

'Wel i'r tŷ hwnnw, Tŷ'r Offeiriad felly, dw i'n trio mynd.'

A chafodd Meri syniad. Tyrchodd rhwng coesau'i welingtons, a than sedd y gyrrwr, a thynnu allan botel lefrith, un blastig, 'Fasach chi ddim mor garedig, Mistyr Thomas, â mynd â hwn hefo chi? Ne mi rhegith fi'n las os na cheith o'i lefrith erbyn amsar coffi. Ac os gadawa i o yn fa'ma fymryn yn hwy, a'r injan yn dal i droi, mi fydd wedi mynd yn gaws. Wel, 'snag ydi o hannar y ffordd yno'n barod.'

'Mi a' i â fo iddo fo ichi â chroeso,' a chydio'n dynn mewn potel â'r plastig yn how gynnes.

'Mae o mor hir yn talu am 'i lefrith, Mistyr Thomas bach, nes bydda i'n meddwl ma' o Rufain ma'r pres yn dŵad.' Yna, newidiodd Meri dôn ei llais hyd at fod fymryn yn deimladwy, 'Cofiwch, mi fydd yn chwith calon gin i 'i weld o'n mynd.'

'Y Tad Finnigan felly?'

'Ia'n tad.'

'A finnau.'

'Erbyn meddwl, deudwch wrtho fo 'mod i'n rhoi hwnna iddo fo am ddim. Fel wyllys da 'te?'

'Dach chi'n hael iawn, Meri Morris,' a rhagrithio braidd.

'A phrun bynnag, fydd yr hen dlawd wedi'n gadael ni cyn bydd y tâl nesa'n diw. A wela i mo hwnnw mae'n fwy na thebyg.'

'Os na ffoniwch chi'r Fatican te!' Ond ddaru Meri Morris ddim gweld y jôc.

Wedi dod allan o'r caddug, a chraffu drwy'r plastig clir gallasai'r Gweinidog daeru fod llefrith rhad-ac-am-ddim y Tad Finnigan wedi dechrau cawsio'n barod.

* * *

Tu allan i Dŷ'r Offeiriad roedd hi'n bicadili. A sylweddolodd y Gweinidog mor berffaith oedd disgrifiad Meri o'r sefyllfa – 'chwiad ar rew'. Ger y fynedfa i Dŷ'r Offeiriad, yn ei hytraws, roedd un o lorïau 'Shamus O'Flaherty Mulligan a'i Feibion' â mynydd o darmac yn mygu yn ei thrwmbal. Rhwng y lori, a'r ciw ceir o un cyfeiriad, roedd yna stîm-rolar yn grwgnach yn ei unfan, fel pe'n ysu am gael dechrau ar y job. Yn uwch i fyny wedyn, yn llwyr gau'r ffordd o'r cyfeiriad hwnnw, roedd yna neidr o lori ar-tic, heb ddim ar ei thrwmbal, a Shamus yn eistedd yn y cab yn pwyso dros y llyw. Bob hyn a hyn chwifiai law i gyfeiriad y Gweinidog a gwneud siâp ceg, 'Neis gweld chdi, Bos'. Wrth ei ochr, â'u hwynebau'n dynn ar wydr y ffenestr, roedd dau o wyrion Shamus, Patrick a Mickey – ''ogia bach breit, Bos' – wedi nabod y Gweinidog ac yn taflu arwyddion annymunol, os nad anfoesol, i'w gyfeiriad.

Yn ei amser da ei hun, gwthiodd Shamus Mulligan ddeufys budr i'w gorn gwddw a rhoi chwibaniad ras cŵn defaid; daeth atgyfodiad. Cododd trwmbal un lori i uchder nef a dadlwytho pwdin meddal o darmac gloywddu i'r ddaear. Unwaith y cyffyrddodd hwnnw'r llawr daeth hogiau Shamus i olau dydd yn cario rhawiau a chribiniau ac yn gwthio berfâu. Roedd hi'n syndod i Eilir fod angen y fath fyddin arfog i drin hances boced o ddreif.

Yna, daeth y Tad Finnigan i sefyll ar dir glas ar fin y dreif, yn ei ddu arferol. Gyda'i het yn ei law dechreuodd bwyntio yma ac acw. Edrychai fel fforman yn comandirio'r sefyllfa, yn gorchymyn rhoi mwy trwch o darmac fan hyn a llenwi crac fan draw.

Gyda chil ei lygad gwelodd y Tad Finnigan y Gweinidog. Disgynnodd ei lygad wedyn ar y botel lefrith y bu'n hir ddisgwyl amdani. Heb ymgynghori â neb, penderfynodd groesi i'r cyfeiriad. Oherwydd ei fod mor fyrgoes suddodd at ei ben-gliniau i'r tarmac a oedd newydd ei daenu. Gan fod y stîm-rolar yn rowlio'n fywiog i'r cyfeiriad neidiodd pedwar o hogiau Shamus i'r adwy a chydio ynddo, dau o dan bob cesail a dau arall tu ôl i'w ben-gliniau. Wedi i'r un o'r pedwar a fedrai gyfri, gyfri tri, ceisiwyd ei godi i'r awyr. Ar yr eildro, a dim ond o fewn pryd, y caed yr Offeiriad i fyny o'r tarmac, heb ei sgidiau ac, yn anffodus, heb ei drowsus. Golygfa gomig i Eilir oedd gweld y Tad Finnigan yn cael ei gario fel ryw jwnta yn America Ladin newydd arwain y llwyth i fuddugoliaeth.

Wedi iddo gael ei ddadlwytho ar y pafin, yn droednoeth ac yn dinoeth, fwy neu lai, disgwyliai Eilir i'r Tad Finnigan chwythu rhes o ffiwsus a melltithio'r Mulliganiaid i'r cymylau. Y gwrthwyneb a ddigwyddodd.

'Y mae mor dda gennyf eich gweled, Eilir Thomas.'

'A finnau.' Dyna'r pryd y gwelodd Eilir y stîm-roler yn gwasgu trowsus a sgidiau'r Tad Finnigan i'r tarmac i fod, o hynny ymlaen, yn rhan o'r dreif. 'Ond ma'ch sgidiau a'ch trowsus chi, Jim . . .'

'Na phoener am hynny, Eilir,' ebe hwnnw'n anarferol o hamddenol. 'Fel y dywed y Gair Sanctaidd, "Noeth y deuthum o groth fy mam, ac yn noeth y dychwelaf yno", ddydd a ddaw.'

Ar draws y stryd roedd yna dyrfa'n dechrau hel, yn methu â dirnad pa benyd a osodwyd ar y Tad Finnigan i'w orfodi i fod yn bennoeth a thinoeth ar fore mor oer. Ond serch ei fod wedi cael hanner ei ddadwisgo, a'i bod hi wedi hen basio amser coffi, roedd gan y Tad Finnigan ddigon o amser i sgwrsio.

'Mae Shamus O'Flaherty Mulligan a'i Feibion yn ffyrm ardderchog, Eilir Thomas. Mae eu tarmac hwy yn caledu'n gyflym ac yn gadarn. Dyna paham, wrth gwrs, y bu imi golli fy nhrowsus a'm hesgidiau. Ond,' a rhoi ochenaid, 'rwy'n mawr obeithio y gwêl yr Esgob yn dda i archebu rhai newyddion imi cyn gynted ag y bydd hynny'n gyfleus iddo.'

Toc, gwelodd yr Offeiriad Shamus Mulligan yn sefyll ar bwys y lori ar-tic a gwaeddodd i'w gyfeiriad, *'Top of the morning to you, Shamus!'*

'And the same to you, Father,' atebodd Shamus yn ddefosiynol.

'And do take my good wishes, Shamus Mulligan, to that saintly wife of yours.'

'I will, Father, I will indeed,' addawodd y tincer.

'Dyna beth yw gŵr duwiolfrydig, Eilir Thomas,' a throi at y Gweinidog. 'Y mae mawr chwant arnaf e-bostio'r Tad Sanctaidd i ofyn iddo a ellir ei ddyrchafu i fod yn sant.'

Ni allai Gweinidog Capel y Cei goelio'i glustiau. Doedd dim deufis er y dydd y bu'n cerdded heibio i Dŷ'r Offeiriad a hogiau Shamus, ar y pryd, yn ail-doi to fflat. Roedd y ffelt oedd ar y to hwnnw wedi cyrlio fel bacwn-mewn-padell wedi haul gwanllyd un haf. Y pnawn hwnnw, roedd Finnigan yn bygwth purdan ar y tylwyth cyfan ac un poethach na hynny ar Shamus. Fe'i clywyd gan Eilir yn tyngu fod tewach croen ar ei gwstard na'r trwch a daenai'r Mulliganiaid ar doeau fflat – *'Shame on you Shamus Mulligan. The Holy Father will surely excommunicate you. Indeed he will.'*

Cymaint oedd sioc Eilir o weld y fath gyfnewidiad agwedd ar ran y Tad Finnigan tuag at Shamus a'i deulu fel y bu'n rhaid i Finnigan dynnu'r botel lefrith o'i ddwylo, i arbed amser. 'A fyddwch chwi yn ymuno â'r gweithwyr, Eilir, i gyfranogi o'r coffi a baratoir ar eu cyfer?'

Daeth ato'i hun. 'Ddim yn siŵr ichi, Jim,' er mai cyflwr y llefrith, yn fwy na chryfder y coffi, a barai iddo wrthod. 'Fydd raid imi ddygnu arni. Ma'r Sul o 'mlaen i.'

'Dyna beth yw bechgyn bucheddol,' ebe'r Offeiriad, wedyn, yn taflu cip i gyfeiriad y tarmacio oedd ar ddarfod, 'Bob amser yn rhoi trwch derbyniol o darmac ar ein llwybrau a'n cefnffyrdd ac ar doeau ein tai. Y maent i'w cofio, gyda chysoneb, yn ein gweddïau. '

Pan oedd y Tad Finnigan yn ymdrechu i gerdded yn droednoeth i gyfeiriad ei dŷ, a phob graean a sathrai'n mynd at fyw ei galon, cofiodd y Gweinidog beth oedd ei wir neges. Gwaeddodd ar ei ôl, 'Pob dymuniad da ichi ar eich ymddeoliad, Jim. Fydd chwith garw gin i golli'ch cwmni chi.'

A chofiodd y Tad Finnigan fod ganddo yntau'i neges. 'Gyda llaw, Eilir, mae Shamus – Duw a gadwo'i enaid – am drefnu cyfarfod i'm hanrhydeddu. *Chippings be damned*,' mwmiodd, fel roedd byniawyd o garreg finiog arall yn tyllu i wadn ei droed.

'Wel, syniad ardderchog.'

'A bydd mawr groeso i chwithau a'ch priod fod ymhlith fy ngwahoddedigion.'

'Wel, diolch yn fawr. Mi fyddwn ni'n dau yn fwy na balch o geisio bod yn bresennol.'

Wedi gweld fod ei Offeiriad wedi llwyddo i ymlwybro at y ddôr gefn, a bod Eilir ar droi i ymadael, daeth Shamus i'w gyfeiriad; y gôt felen yn llydan agored, yr het bygddu'n ôl ar ei wegil a'r wên yn un arferol, 'Ma' neis gweld chdi, Bos.'

'Finnau'r un modd.'

'Musus chdi'n ocê?'

Am unwaith, penderfynodd y Gweinidog adael coesau Musus Mulligan yn y garafan. 'Tarmacio'r dreif i'r Tad Finnigan dach chi Shamus?' Serch fod hynny'n gwbl amlwg.

'Gneud *favour* i *Fathe*r ia? Am *cut price*.' A dyna beth oedd Herod a Pheilat yn gyfeillion.

'A mi rydach chi, fel clywis i, am drefnu cyfarfod ffarwél iddo fo?'

'Ma' Shamus isio fo ca'l gwd send-off, ia? A ma' Yncl Jo Shamus – 'ti'n gwbod, boi lysh – ma' fo am dŵad drosodd, cofia.'

'Ydi o wir?'

'Boi da, Tad Finnigan, Bos.'

Teimlai Eilir fod Shamus hefyd, fel y Tad Finnigan, yn medru troi fel cwpan mewn dŵr a bod y naill agwedd neu'r llall yn sicr o fod yn rhagrith ar eu rhan.

Wedi dim mwy na ffarwelio'n frysiog hefo Mulligan trodd y Gweinidog ar ei sawdl a chychwyn yn ôl am y Mans heibio i'r fyddin o geir oedd yn dal heb symud. Wedi cyrraedd y codiad yn y stryd, trodd yn ei ôl a thaflu cip i gyfeiriad Tŷ'r Offeiriad. Roedd Finnigan a Shamus yn sefyll ar fin y dreif – yr Offeiriad yn dal yn dinoeth i bob golwg – a'r ddau fel pe'n ymgofleidio. Ond roedd hogiau Shamus yma ac acw, fel brain ar gae porfa, yn tywallt y coffi drwy lefrith wedi suro wrth wraidd unrhyw lwyn oedd o fewn eu cyrraedd.

Trodd yn ei ôl ac ailgychwyn ar ei daith. Draw ynghanol y ciw ceir roedd yna gwmwl o fwg du yn dal i hofran. Beth bynnag am ddisyl rhaid fod yna oel ar ôl o hyd yn sỳmp *Daihatsu* Llawr Dyrnu. Cofio'r stori i gyd, iddo gael ei dweud wrth Ceinwen, dyna a fyddai'n anodd.

* * *

Pryder am Ddeddf Iechyd a Diogelwch, tân yn arbennig, a barodd i'r Cyfarfod Blaenoriaid drafod am amser maith cyn penderfynu gosod y festri ar gyfer Cyfarfod Ymadawol y Tad Finnigan. Eto, roedd yna berygl mewn gwrthod.

'Fy ofn mawr i ydi,' eglurodd Dwynwen, yn arferol ddoeth, 'os gnawn ni wrthod y cais, y cawn ni'n gweld mewn golau anffafriol.'

'Ond golau gwan sy'n y festri fel ag y ma' hi', ebe Meri Morris, wedi llwyr gamddeall i ble roedd Dwynwen yn gyrru. 'Dydi'r bylbiau newydd 'ma, ryw bethau hirion fel tethi gafr, yn taflu dim golau.'

'Na na, Meri Morris,' eglurodd Dwynwen yn rasol, 'nid dyna sgin i mewn golwg. Ma' nhw a ninnau yn bobl Ffydd.' Ond wyddai Meri ar y ddaear beth a olygai hynny. 'A pheth arall, mi rydan ni'n gosod y festri i bawb arall, cred neu beidio.'

Dyna'r foment y daru Cecil benderfynu bwrw'i fol, 'Ma' gin i broblem, *ladies an' gentlemen*, fel ma' *yours truly* yn gwbod,' ac ymbil i gyfeiriad ei Weinidog.

'Wel yr hyn sgin Cecil Humphreys mewn golwg . . ."

'*Do call me Cec,* cariad.'

'Wel 'i broblem o ydi, 'i fod o, ar un llaw, wedi ca'l cynnig gofalu am yr arlwyo.'

'*Come again*, siwgwr?'

'Wel, gofalu am y bwyd 'te.'

'*See.*'

'Ac eto, ma' yntau, fel pawb ohonon ni, yn un o Ymddiriedolwyr y Capel ac yn teimlo cyfrifoldeb am yr adeilad.'

'Sôn am fwyd,' a chododd Cecil ei ddwylo i'r awyr, 'dw i newydd gofio bod gin i *boeuf bourguignonne* yn y popty. Felly, *I cant stay long.*'

Dechreuodd Owen C. Rowlands, Now Cabaitsh felly, ystwyrian yn ei sedd. A dyn ofn dangos ochr oedd Now fel rheol. 'Fel mymryn o werthwr pysgod ma' gin innau, gyfeillion, un broblem fach. Os ca'i fod mor hy â'i mynegi hi?'

'Wel, dyna pam ydan ni yma,' meddai'r Gweinidog, yn ofni i bethau ddragio ymlaen yn hwy fyth. 'Be ydi'ch problem chi?'

'Cod,' meddai Now, nes gyrru pawb i ddryswch llwyr.

'Cod?'

'Nid rhyw fath o sgodyn ydi hwnnw?'

'Wel ia.'

'Be dach chi'n feddwl, Ŵan Rolands?' holodd y Gweinidog.

'Wel mi ddeuda i wrtha chi. Ma'r Mulligans, wrth ma' Cathligs ydyn nhw, yn chwannog i fyta cod ar ddydd Gwenar. A phe taen ni'n gwrthod gosod y festri hwyrach y bydda gin i god ar 'y nwylo fwrw Sul.'

Chwalodd maen sbring John Wyn yn rags, 'Deudwch wrthyn nhw am ordro'r ffish yn syth o Grimsby, drwy'r post, fel bydd Howarth 'ma'n gneud.' A dyna oedd y gwir. 'O leia, mi fyddan yn saff i fod o'n ffresh felly.'

Anwybyddodd y Gweinidog sylwadau'r ddau olaf a cheisio bwrw yn ei flaen, 'Wel gyfeillion, mi fydd yn rhaid inni benderfynu ar y matar, ne mi eith yn hwyrach na hwyr. Ga i gynnig gin un ohonoch chi?'

'Wel dw i am gynnig ein bod ni'n gwrthod,' meddai Meri Morris, 'ac mi ddeuda i wrthach chi pam. Ofn dw i i'r Mulligans 'ma roi'r lle ar dân.' Trodd i gyfeiriad ei Gweinidog, 'Ydach chi, Mistyr Thomas, yn cofio'r amsar pan ddoth rhai ohonyn nhw yma i'n diddori ni?'

'Ydw.'

'Wel be oedd enw y peth hwnnw oedd yn llyncu tân?'

'Liam, os dw i'n cofio'n iawn.'

'Dyna chi. 'Dach chi ddim yn cofio hwnnw yn gwthio ryw ffagal, â thân arni, i lawr 'i gorn gwddw?' Porthodd amryw, yn cofio'r digwyddiad yn dda. 'Ac mi ddoth yna wreichion allan drwy'i di. . . 'i ben ôl o.'

'*Ye'r telling me,*' mwmiodd Cecil, yn gwasgu'i hun at ei gilydd wrth ailfyw ei fraw.

'Ac oni bai imi fedru lluchio pwcad o ddŵr oer drosto fo, mewn pryd, mi fasa'r larwm wedi llosgi'r lle ma'n golsyn ulw. A rhag ofn i'r un peth ddigwydd eto, dyna pam dw i'n gneud y cynnig.'

Aed ati i bleidleisio, 'Os gnewch chi ddangos, ffrindiau?'

Ond roedd Ifan Jones, fel arfer, wedi syrthio i gysgu â'i ên ar ei frest, nes i Cecil roi pwniad iddo a gweiddi'n nhwll ei glust, '*Farmer Jones. Hands up!*'

Rhwng cwsg ac effro, tybiodd Ifan fod plisman, un dyddiau fu, wedi'i ddal yn reidio beic heb olau ac yntau ar ei ffordd i'r 'capal bach'. Cododd ddwy law i entrych nen, i syrendio. Yna, wedi gweld ei gamgymeriad, gollyngodd un fraich a chadw'r llall i fyny. Yn ddamweinol felly, drwy fwyafrif o un, y pleidleisiwyd dros osod y festri.

'*Silly billy, Farmer Jones,*' meddai Cecil ond yn addfwyn ddigon. Edrychodd ar ei wats, 'Fydd raid imi sgidadlo, ne fydd y *boeuf bourguignonne* yn *bone dry*. Twdwlŵ!' A'r Gweinidog, nid Cecil, aeth ag Ifan Jones adref y noson honno.

* * *

'Ofn sgin i, Eilir bach, iddyn nhw hambygio'r festri. Ma' hi'n gollwng fel hidlan fel ag y ma' pethau.' Ar y pryd, roedd y ddau'n disgyn i lawr y Grisiau Mawr i fynychu'r Cyfarfod Ffarwelio.

Roedd yr un ofn yn union yng nghalon ei gŵr ond ei fod o'n ceisio'i dawelu. 'Wn i, Cein. Ac ma' 'na lechan neu ddwy wedi llithro oddi ar y to'n barod.' Craffodd i'r awyr, 'Ond ma' hi'n noson sych heno'ma, diolch am hynny.'

'Ond fydd hi felly'n hir?' holodd Ceinwen. 'Hwyrach ma' camgymeriad oedd gosod y lle i'r Mulligan 'na.'

'I fod yn deg, Ceinwen, dim ond wedi trefnu pethau ma' Shamus. A mae o'n rêl boi am drefnu pethau, ma'n rhaid cyfadda.'

Safodd Ceinwen yn stond a dechrau codi hen grachod. 'Yn rêl boi am drefnu pethau ddeudist ti? Ga i ofyn iti pwy drefnodd i gael y staen seti hwnnw o'r Connemara?'

'Moroco.'

'Sut?'

'O Moroco oedd y stwff yn dŵad . . . yn wreiddiol felly.'

'Ta waeth, Mulligan gwerthodd o i ti. 'Ti'n cofio, Eilir, fel bu'n rhaid i'r hen Ifan Jones, dlawd, orfod cyhoeddi ar 'i ista?'

'Wn i.'

'Ac i minnau, fel sawl gwraig arall, rhai'n weddwon, orfod gadal pen-ôlau'n ffrogiau ar ôl yn y seti.'

'Ond ma' honna yn hen, hen stori, Ceinwen.'

'Ond ma'r darnau yno o hyd, Eilir.'

'Eithriad oedd peth felly, Cein bach,' a cheisio tynnu'i wraig yn ei blaen. 'Well inni frysio ne' mi fyddwn ni'n fwy na hwyr.'

Ond roedd gan Ceinwen grachod eraill i'w codi. 'A faint sy'na, ers inni darmacio rownd y Capal?'

'Ma' yna flynyddoedd erbyn hyn.'

'Ond faint?'

'Faint sy? Deg?'

'A dydi'r stwff ddim wedi llawn sychu eto.'

'Wel, mae o yn fwy ffyrm nag y buo fo.'

Ac unwaith roedd Ceinwen wedi cael y ffrwyn ar ei gwar doedd dim dal arni, 'Ac o ble daeth y *McLavatory Skidshine Floor Sealer* hwnnw yrrodd Meri Morris allan drwy ddrws y festri â'i thraed yn gynta?'

'A John Wyn.'

'Sut?'

'Aeth yntau allan hefo hi, do? A gyda llaw, McLaverty ydi enw'r dyn. Nid *lavatory*.'

'Beth bynnag ydi'i enw fo, fuo'r godwm bron â bod yn angau i'r ddau. A'r Baptismal hwnnw wedyn?'

'Oes raid berwi am hwnnw?'

'Berwi? Fuo bron i ti, Eilir Thomas, foddi Jac Black yn lle'i fedyddio fo. Cofia, mi fydda hynny wedi bod yn gymwynas!' A bu'n rhaid i Eilir ymollwng i chwerthin.

Erbyn hynny roedd y ddau o fewn hanner canllath i Gapel y Cei a'i festri. 'Dydi hi'n dda, Eil bach, ma' ar draed y daethon ni heno.'

'Ydi.'

'Does yna ddim lle yma i barcio chwannan.' A dyna oedd y gwir.

Dim ond wedi gwthio i mewn i'r festri y trodd pryderon ac ofnau'r ddau yn ofidiau. Iechyd a Diogelwch a ddaeth i feddwl Ceinwen wrth fod y lle'n beryglus o lawn. Ond hunllef Eilir oedd y posibilrwydd y byddai Liam yn perfformio, cyn diwedd y noson, a thân yn torri allan. Roedd yr awyrgylch yn un clwb nos: cerddoriaeth fywiog, Wyddelig, yn tynnu llwch o'r to, pawb ar eu traed, yn pwytho drwy'i gilydd gan drydar yn uchel a hanner siglo i rythm y gerddoriaeth.

'Dydi'r lle wedi'i weddnewid,' bloeddiodd Ceinwen yn nhwll clust ei gŵr.

'Sut?'

Bloeddiodd eto'n uwch, 'Y lle. Wedi newid!'

'Ydi.'

Roedd holl gadeiriau'r festri yn domen briciau yng nghefn yr adeilad, congl plant lleia'r ysgol Sul wedi'i droi'n far a byrddau hirion yn dal y bwyd bys a bawd bob ochr i'r ystafell. Bob hyn a hyn clywid Cecil yn cymell y bwydiach ar hwn ac arall, ''Stynnwch ato fo, *ladies and gentlemen. Do help yourselves.* Ma'r *moules à la marinière*, ar y dde. *The crème brûlée,* ar y chwith. *And dont be shy.*'

Ond y newid mwyaf beiddgar i'r Gweinidog oedd bod Shamus – a ofalai am y 'lectrics', chwedl yntau – heb ganiatâd neb, wedi hongian goleuadau strôb o un o'r trawstiau a'r goleuni llachar aml-liwiau hwnnw, wedyn, yn troelli'n wallgof nes penfeddwi pawb.

Wrth wthio'i ffordd ymlaen i gefn y festri, i fod fymryn allan o lwybr y llif goleuadau, cipiodd Eilir un gragen oddi ar y bwrdd a chymrodd Ceinwen lwy bren ac un ddysglaid o'r *crème brûlée.*

Yn anffodus, gwelodd Cecil nhw drwy gil ei lygad a'u cyfarch yn uchel, 'Noswaith dda, siwgr,' wrth Eilir, '*and the beautiful Madona.*' A phlannodd y ddau hi am gefn y festri cyn gynted â phosibl.

'Eilir.'

'Ia?'

'Ma'r golau 'ma'n fy meddwi i.'

'Pwy sy 'di meddwi?' yn methu â chlywed uwch y sŵn.

'Na,' a gweiddi'n uwch. 'Y golau 'ma'n fy ngneud i'n feddw.'

'Cau dy llygada 'ta.'

'Dw i'n 'i weld o'r un fath.'

O'r cysgodion, yn y fan honno, roedd y llwyfan i'w weld. I'r dde ar y llwyfan roedd Tlysion Tralee – Nuala, Brady a Lala, merched Kathleen a Shamus Mulligan – yn barod i berfformio. Yr ochr chwith, i gyfateb, roedd eu brodyr – Patrick hefo'i ffidil, Gavin hefo tambwrîn ac un bychan, o'r genhedlaeth a'u dilynai mae'n debyg, tu ôl i anferth o ddrwm.

'Pwy sy hefo'r drwm?' holodd Ceinwen.

'Hefo pa blwm?'

'Drwm!' a gweiddi eto. Cododd Eilir ei ysgwyddau i fyny i fynegi anwybodaeth.

Y ddau arall a lwyddodd i gyrraedd y llwyfan ar y noson oedd yr Esgob, gŵr hynod dal a hynod denau, a oedd i lywyddu'r gweithrediadau, a'r Tad Finnigan ei hun, yno i gael ei anrhydeddu. Eisteddai'r ddau ar gadeiriau moethus ym mlaen y llwyfan. Disgynnai'r goleuadau strôb ar y ddau gyda chysondeb a'u troi nhw, ar yn ail, i holl liwiau'r wawr a'r machlud.

'Dydi o fel petai o'n byta gwellt 'i wely,' meddai Ceinwen.

'Pwy?'

'Yr Esgob.'

'Ella 'i fod o, Cein.'

'Be?'

'Yn byta gwellt 'i wely. Dibynnu, wrth gwrs, i ba Urdd mae o'n perthyn,' a dyna'r foment y boddwyd yr Esgob mewn llafn o olau melyn, afiach.

'Ych â fi. Mae o'n waeth byth yn y lliw cwstard wy 'na.'

I agor y noson, gwahoddwyd y Tlysion i berfformio. Yr un dewisiadau oedd ar gael ag erioed, caneuon gwerin Gwyddelig a rhai o ffefrynnau'r Dubliners wedi'u hail-grasu. I gloi, chwarae teg, cafwyd caneuon Cymraeg a rhan fechan o'r gynulleidfa'n uno hefo nhw a'r gweddill yn clapio. Yna, diffoddwyd y goleuadau strôb a chodwyd y golau 'tethi gafr' yr hefrai Meri Morris yn eu cylch.

Yn yr hanner gwyll, cododd yr Esgob ar ei draed a mynd ati i nyddu salm foliant, eithaf hirwyntog, i'r Tad Finnigan. Roedd yntau wedi meistroli'r Gymraeg, serch mai Sais ydoedd yn ôl ei acen. Cyfeiriodd, fel roedd Gorllewin Iwerddon, y Connemara'n arbennig felly, wedi magu fflyd o offeiriaid plwy a'u hallforio i Gymru. Ond roedd yn amheus, a chodi'i lais, a oedd un hafal i'r Tad Finnigan, na'r un, chwaith, a roddodd fwy gwasanaeth, erioed wedi cyrraedd i Abergwaun neu Gaergybi. Daeth cymeradwyaeth fyddarol oddi wrth y Mulliganiaid a gwthiodd y Tad Finnigan ei frest allan gan gymaint ei foddhad.

Daeth yr Esgob â'i salm i ben drwy gyhoeddi y byddai'r Tad Finnigan, yn union wedi'r Nadolig, yn croesi'n ôl dros Fôr Iwerddon i ymddeol yn Ballybachmoch yn agos i Ballybunnion, i fyw yno gyda'i frawd a gadwai'r dafarn, 'Three Ugly Piglets', yn y pentref cyfareddol hwnnw.

''Ti'n meddwl be dw i'n feddwl, Cein?'

'Yfith Finnigan y lle'n sych.'

'Na. Mi dynnith lawar mwy o gwsmeriaid.'

'Sut?'

'Deud jôcs Gwyddelig 'te?'

A jôcs Gwyddelig a gafwyd gan y Tad Finnigan yn ei ymateb i'r ganmoliaeth a gafodd.

'A ydych chwi wedi clywed hon, gyfeillion? Y Tad O'Riley wedi gwahodd yr esgob ac offeriad ifanc i'w dŷ. "A gymerwch chi rywbeth i'w yfed?" holodd O'Riley. "Wisgi dwbl," atebodd yr esgob. Ac fe'i cafodd. "A beth gymrwch chwi i'w yfed?" meddai wrth y gŵr ifanc. "Dim byd yn sicr," atebodd hwnnw. "Byddai'n well gennyf gyflawni godineb nag yfed." Ac meddai'r esgob, gan roi'i wisgi dwbl heibio, "Wyddwn i ddim fod yna ddewis i'w gael".'

Er mawr ollyngdod i Ceinwen ac Eilir daeth y Tad Finnigan i stop-tap cyn i bethau lasu'n ormodol. Ond roedd hi'n od braidd i'r ddau mai cerdded y palmant golau fu dewis y Tad Finnigan y noson honno, o bob noson, a hithau'n garreg filltir mor eithriadol yn ei hanes. Ond dyna fo, hwyrach fod hynny wedi bod yn haws iddo. Perygl wylo'n gyhoeddus fyddai mynegi'i wir deimladau, a difetha'r ddelwedd fygythiol ohono y dymunai'i gadael ym meddyliau'r Mulliganiaid – er lles moesol eu plant a phlant eu plant.

Yn sydyn, heb na rhybudd na chyhoeddiad o unrhyw fath,

tawelodd y band, diffoddwyd y golau troelli a chodwyd cylch o olau claerwyn yn ffrynt y llwyfan ac yn arbennig o amgylch y Tad Finnigan. Yna, wedi eiliad o saib, waldiwyd y drwm yn y modd ffyrnicaf – ac roedd y Mulligan bach yn medru waldio – a lluchiwyd y drws tân yn ochr y llwyfan yn llydan agored.

Yn ffrâm y drws safai'r hen Jo McLaverty, yn ei siwt o frethyn y Connemara a'r blodyn plastig hwnnw nad oedd gwywo arno yn llabed ei grysbais. Cychwynnodd gerdded, yn ansad ar ei draed mae'n wir, o'r drws i ffrynt y llwyfan gan lusgo o'i ôl fath o dryc stesion ac ar hwnnw'r botel fwyaf a welwyd ym Mhorth yr Aur erioed. Aeth teulu'r Mulliganiaid i ecstasi a bu chwibanu a churo dwylo gorffwyll am funudau lawer. O weld y llwyth oedd ar y tryc cododd y Tad Finnigan ar ei draed yn llawen iawn. Doedd yntau, o bawb, erioed wedi gweld potel fwy.

Pan oedd Jo'n unioni'r tryc daliodd y Gweinidog a'i wraig ar yr ysgrifen fras oedd ar fol y botel – *Undrinkable. For Holy Water purposes only.*

'Da iawn,' sibrydodd Eilir.

'Wel, fydd yn well i'w bwysau gwaed o,' mwmiodd Ceinwen.

Pan welodd y Tad Finnigan y label aeth yn dipiau, '*'Dam you, Jo McLaverty. You know I never touch any water. It's doctor's orders. As I've told you, many times before, 'tis bad for my constipation.'*

Wedi chwarae mig am funud neu ddau, stripiodd Jo McLaverty'r label oddi ar fol y botel. O dan hwnnw roedd yna un arall, mewn trymach ysgrifen, *Jo McLaverty's Special Home Brew. For the over ten and the under eighty five.*

Aeth y Tad Finnigan yn ddyn gwahanol, "*Jo McLaverty ye'r surely a man of God. 'Tis the real stuff. 'Tis indeed, indeed.'*

I wneud y cyflwyno'n fwy ffurfiol ymdrechodd Jo McLaverty, er ei fod yn hen, hen ŵr, i godi'r botel drom o'r tryc i'w rhoi ar y llwyfan er mwyn i bawb gael gweld ei gogoniant hi.

'Beryg iddo dorri'i lengid,' awgrymodd Eilir.

'Beryclach iddo fo dorri'r llwyfan 'swn i'n ddeud,' atebodd ei wraig.

Wedi ychydig o regi, mewn Gwyddeleg, llwyddodd Jo i'w chael i'w freichiau a'i chario droedfedd neu ddwy yn nes i'r llwyfan. Ond llithrodd y botel drwy'i freichiau fel llo gwlyb, newydd ei eni, a disgyn yn fom ar lawr y festri.

Bu ergyd fel un gwn mawr a saethodd y corcyn o wddw'r botel ac allan yn unionsyth drwy do bregus festri Capel y Cei. Bu eiliad o dawelwch, digon i Eilir sylwi drwy'r twll yn y to ei bod hi'n dal yn noson braf, yna daeth cawod enbyd o galch a phob rhyw fudreddi i lawr o'r nenfwd a gorchuddio pawb a oedd o fewn cyrraedd.

Llwyddodd Shamus i ladd y cylch golau ac ailgodi'r golau 'tethi gafr'. Aeth yn banig llwyr yn y lle. Roedd y Tad Finnigan yn debycach i ddyn eira allan o dymor nag i offeiriad Pabyddol. Ond cawod o faw colomennod a ddisgynnodd yn un lwmp afiach ar ben yr Esgob druan.

Sylwodd Eilir ar Ceinwen yn chwilota am rywbeth rhwng gwddw'i ffrog a'i dwyfron. Aeth Cecil ati i geisio'i chynorthwyo a chafodd slap am ei drafferth. Wedi iddi fedru plymio'n ddyfnach tynnodd allan, erbyn ei chynffon, lygoden wedi hen farw. Yr eiliad nesaf, roedd ei gŵr yn tynnu llyg marw o boced top crysbais ei siwt.

Ond chwarae teg iddyn nhw aeth y Mulliganiaid ati'n syth i ddechrau clirio'r lle a chael mymryn o drefn. Roedd Cecil erbyn hynny'n ceisio achub ambell i ffagotsen a oedd yn dal yn fwytadwy ond roedd yna gorblu a baw ystlumod yn gacen dros y rhan fwyaf o'r bwydiach oedd wedi'u paratoi.

''Ti am aros i roi hand, Eil?'

Syllodd i fyw ei llygaid, 'Dw i ddim yn siŵr.'

Dechreuodd Ceinwen wasgu'i hun fel petai'n cosi i gyd, 'Eilir, ma' 'na rwbath arall rhwng 'y nghrys a 'nghroen i. Ac wedi mynd yn is na'r llall.'

'Well imi ofyn i Cecil?'

'Y?' a thaflu pâr bygythiol i'w gyfeiriad.

'Be nawn ni, Cein? 'I heglu hi?'

'Gyntad â phosib.'

Yn rhifyn yr ail wythnos yn Ionawr o'r Porth yr Aur *Advertiser* nodwyd fod y Tad James Finnigan wedi dychwelyd i'w hen blwy o Ballybachmoch yn y Connemara. Dymunai hysbysu ei blwyfolion mai ei fwriad, gyda chaniatâd ei Esgob, oedd ailgydio am beth amser eto yn ei offeiriadaeth ym Mhorth yr Aur. Teimlai fod ganddo waith eto i'w gyflawni. Mewn print llai, hysbysid y byddai'r bingo wythnosol yn ailddechrau yn Ystafell Hamdden yr Eglwys Gatholig o ddechrau Chwefror ymlaen er casglu arian digonol i aildoi festri Capel y Cei.

5. IFAN JONES A'R FEDAL GEE

'Ga i godi un matar bach hefo chi, ffrindiau, cyn ein bod ni'n chwalu?' gofynnodd y Gweinidog, yn ddigon boneddigaidd.

'Cewch,' cyfarthodd John Wyn, yn ateb dros bawb ond yn siarad dros neb arall. 'Dim ond ichi drio rhoi'r peth ar flaen llwy, i ni ga'l mynd adra cyn 'i bod hi'n dechrau dyddio.'

'Ond dim ond newydd droi wyth ydi hi rŵan ac mi roedd hi'n saith arnon ni'n dechrau.'

'Ond mae hi yn wyth, tydi?' A llewpard blin oedd Ysgrifennydd Capel y Cei ar y gorau. 'A pheth arall, ma' Lisi 'cw,' a chyfeirio at ei wraig unfed awr ar ddeg, 'wedi addo berwi hadog melyn imi i swpar, ac os na fydda i adra mewn da bryd mi fydd y sglyfath wedi mynd i ganlyn dŵr ac yn ôl yn y môr.'

'Wel, mi fedrwn ni drafod hwn mewn ychydig funudau,' eglurodd y Gweinidog yn dal i gredu mewn gwyrthiau. Taflodd gip at yn ôl, rhag ofn i ddrws y festri agor yn annisgwyl, 'A meddwl ro'n i, wrth fod Ifan Jones yn absennol heno 'ma. A ma' hynny'n beth anarferol iawn yn 'i hanas o . . .'

'Wedi ca'l *the runs* ma' 'ngwas i,' eglurodd Cecil, yn rhoi manylion cwbl ddianghenraid, '*He's been on the bucket, all day.*'

'A beryg iawn,' meddai Meri Morris, yn arallgyfeirio ymhellach, 'ma' chi, Cecil, sy'n gyfrifol am beth felly.'

'Pardon?'

'Ia,' sgyrnygodd John Wyn, yn neidio ar y drol. 'Y peth tebyca ydi ma' wedi byta ryw geriach tua'r Tebot Pinc 'na mae o. Pethau na fedar neb hefo dim ond dwy iaith ddeud 'u henwau nhw. A styrbio'i stumog.'

'Nid dyna dw i'n feddwl,' cywirodd Meri. 'Ofn oedd gin i fod o wedi ca'l oerfal. Dydi Cecil 'ma yn 'i gartio fo i bob man, gefn gaea, mewn car heb do.' Eiliodd amryw y sylw hwnnw.

Ond doedd hynny ddim yn efengyl wir. Roedd i'r *Ferrari Spider* F430, lliw coch, do ond mai arfer Cecil oedd cadw hwnnw'n agored beth bynnag y tywydd. Yn amlach na pheidio cyrhaeddai'r hen Ifan at gyntedd Capel y Cei, ar fore Sul, wedi colli'i gap rywle ar y daith â'i wallt yn bigau stiff – fel petai rhywun wedi iro'i ben â gormod o jel.

'Reit,' ebe'r Gweinidog, yn dechrau tynhau, 'fe adawn ni anhwylder Ifan Jones i arbenigwyr. Fel y gwyddoch chi i gyd, mae o wedi bod yn hynod o deyrngar i'r ysgol Sul.' Porthodd amryw.

'Yn hynod felly.'

'Fuo neb ffyddlonach.'

'Neb rioed.'

'A theimlo dw i, fel y Gweinidog, y dylan ni geisio sicrhau Medal Gee ar 'i gyfar o.' Eiliodd amryw yr awgrym hwnnw hefyd.'

'I didn't know he was into horses,' sibrydodd Cecil, yn fwy cyfarwydd â Lester Piggot na Thomas Gee.

Chwythodd John Wyn ffiws bump amp a deugain yn grybibion ulw, 'Ble ma'r dwlal yma wedi'i fagu? O dan bwcad?

Fedar rhywun ohonoch chi egluro iddo fo bod yna wahaniaeth rhwng ysgol Sul a stalwyn?'

Fel ar bob awr gyfyng, Dwynwen, yr ieuengaf o'r Blaenoriaid, a geisiodd gyfannu pethau. Aeth ati i egluro, fel mam yn goleuo'i phlentyn, 'Na Cecil, 'ngহariad i, dos a wnelo'r peth ddim byd â cheffylau. Medal ydi hon sy'n ca'l 'i rhoi am oes o ffyddlondab i'r ysgol Sul.'

'Fancy,' meddai hwnnw â'i grib wedi'i dorri fymryn.

A chan fod yr eglurhad wedi'i roi ceisiodd y Gweinidog yrru ymlaen hefo'i neges. 'Y cwbl ydw i am ichi 'i neud heno 'ma ydi cefnogi'r syniad, hynny ydi cefnogi'r egwyddor, ein bod ni'n gneud cais am Fedal iddo fo.'

Pan oedd amryw ar godi'u dwylo dyma John Wyn yn taflu dŵr oer dros bethau, 'Soldiars sy'n gwisgo medalau 'te? Mi gwelwch nhw ar y Cei, ar Sul y Maer, a medalau fel crempogau'n hongian oddi ar 'u brestiau nhw. Fel carwr heddwch,' ac roedd hynny'n gelwydd, 'dw i yn erbyn peth felly, yn enwedig yn enw Capal.'

'Ma'n ddrwg gin i ddeud,' ychwanegodd Owen C. Rowlands, Now Cabaitsh, yn or-foneddigaidd fel arfer, 'ond dydw innau, chwaith, ddim yn cytuno'n hollol â'r syniad.'

'Pam hynny?' holodd y Gweindog.

'Wel teimlo rydw i, a maddeuwch imi am ddeud hyn, y dylan ni i gyd neud daioni er ei fwyn ei hun heb ddisgwyl unrhyw dâl.' Ond fel gwerthwr pysgod, chwyrnu'n arw y byddai Now pan fyddai aelod o Gapel y Cei yn prynu cyn lleied â sardin yn siop Glywsoch Chi Hon.

Wedi i Eilir geisio egluro, fel 'ar flaen llwy', mai symbol o werthoedd amgenach oedd Medal Gee ac mai'r peth teilwng fyddai anrhydeddu'r hen ŵr, aed ati i bleidleisio. Y cyfrif terfynol oedd pump o blaid, John Wyn yn gandryll yn erbyn ac Owen C. Rowlands, fel arfer, yn cadw'i ddwylo yn ei bocedi.

'Dyna ni 'ta, a diolch ichi. Yn naturiol, mi hoffwn i ga'l mymryn bach o help hefo'r trefniadau.'

'Cariad!' sibrydodd Cecil,' ac roedd hi'n dân ar groen y Gweinidog i gael ei gyfarch felly, yn gyhoeddus, 'fedrwch chi adael y *nitty-grit* i Cec.'

'Wel, diolch. O ia, un peth bach arall,' ond erbyn hynny roedd y gweddill ar eu traed ac yn hwylio i ymadael. 'Hwyrach y bydda fo'n syniad da inni drefnu trip o'r Capal i fynd hefo Ifan Jones i'r digwyddiad. I'w gefnogi o, fel petai.'

'Syniad ardderchog.'

'Yn hollol.'

'Syniad campus.'

'Eilio pob dim.'

Ond yr awr honno o'r nos, petai Eilir wedi awgrymu trip i fynd ag Ifan i glwb nos yn Honolulu mi fyddai'r cynnig wedi cario'n unfrydol.

'Nos da ichi rŵan, Mistyr Thomas.'

'Gewch chi ddiffodd 'te.'

'A chloi, os gnewch chi?'

'Nos da.'

'Ia, nos da.'

'A diolch ichi.'

* * *

Wedi chwilio'r we, cafodd y Gweinidog afael ar rif ffôn ysgrifenyddes y pwyllgor a oedd i drefnu'r digwyddiad. Un o gyffiniau Bae Colwyn oedd honno, yn ôl y manylion oedd ar y sgrin. Fe'i profodd ei hun yn glawdd llanw o wraig os bu yna un erioed. Byddai wedi bod yn haws i Eilir sicrhau Croes Victoria i'r hen Ifan na Medal Gee – er na fu'r un o'i draed o erioed ar faes y gad. Roedd gwên seis marro ar wyneb Ceinwen wrth weld ei gŵr yn cael ei groesholi a'i amau gan y wraig ffiaidd oedd ar ben arall y ffôn. Aeth y cyfweliad yn gwlwm-gwlwm o'r dechrau un.

'Ac mi rydach chi'n deud ma' gweinidog ydach chi?'

'Ydw,' ac ychwanegu'n ysgafala, 'o ryw fath 'te.'

'Dyna'r drwg. Gormod o rai fel chi sy'na yn barod. Dyna

sy'n gyfrifol am y dirywiad. Reit, dowch i mi gael eich enw chi.'

'Eilir.'

'Ia?'

'Thomas.'

'M! Fedra i ddim deud 'mod i erioed wedi clywad amdanoch chi. Gyda llaw, dyn 'ta dynas ydach chi?'

'Sut?

'Dynas 'ta dyn ydach chi?'

'Pam 'dach chi'n gofyn?'

'Gin i chwaer yng nghyfraith, ylwch – pan fydd hi adra – ac Eilir ydi enw honno. 'Dach chi'n deud felly ma' dynas ydach chi?'

'Ydw . . . m . . . nagydw. Dyn ydw i.'

O'r gadair gyferbyn nodiodd Ceinwen ei phen i gadarnhau hynny ond yn mygu chwerthin yr un pryd.

'Dda gin i glywad hynny. Well gin i ddynion, ylwch. A pham ydach chi isio Medal Gee?'

'Dydw i ddim isio Medal Gee.'

'Pam fy ffonio i 'ta?' ac ochneidio'i diflastod.

Pan aeth Eilir ati i egluro, roedd hi'n amlwg nad oedd y wraig erioed wedi clywed am na Chapel y Cei na'i Weinidog nac, yn sicr, am Ifan Jones. Bu'n rhaid iddo roi'r manylion mwyaf annisgwyl iddi amdano.

'Os gynno fo ddannadd gosod?'

'Sut?'

Aeth y wraig o gyffiniau Bae Colwyn ati i danlinellu pob sill, 'Oes gin yr . . . m . . . Evan Jones 'ma ddannadd gosod?'

'Oes. Dw i'n meddwl.'

'Meddwl ydach chi?'

'Ryw 'chydig hwyrach.'

'Faint?'

'Pam ydach chi iso gwbod?'

'Pam dw i isio gwybod? Wel Deddf Iechyd a Diogelwch ynte! Wrth bydd yna banad a brechdanau ar y diwadd mi alla dyn o'i oed o frathu darn o gaws go galad a thorri dant. Dyna ni wedyn, clêm am gompo. A does gynnon ni mo'r arian, dach chi'n gweld, i gyfarfod â pheth felly.'

Penderfynodd Eilir fentro ychydig o ddoniolwch i geisio melysu'r sgwrs, 'A' i yno i'w weld o, ylwch, a chyfri faint o ddannadd sgynno fo.'

Ond welodd y wraig o Fae Colwyn mo'r digrifwch hwnnw. 'Diolch ichi. Ac mi gewch yrru'r rhif i mi, drwy'r post.'

'Be? Cyfri'r rhai gosod sgynno fo? 'Ta be gafodd o gin 'i fam a'i dad?'

'Rhowch y ddau rif ar yr un darn papur. Reit?'

'Reit.'

'Mewn dwy golofn, ar wahân. Ac o dan ddau bennawd gwahanol. Inni fod yn gwbl ddiogel.'

Aeth y pantomeim yn drech na Cheinwen a bu rhaid iddi adael y stafell.

'A'i bwysau gwaed o, Mistryr . . . m . . . Thomas?'

'Sut?'

'Ydach chi'n gwybod darlleniad 'i bwysau gwaed o?'

'Sgin i ddim syniad.'

'Wel fel ryw fath o weinidog iddo fo, mi ddylach wybod peth felly, siawns gin i.'

'Pam y dylwn i wybod? Ac o ran hynny, pam ydach chi angan y wybodaeth?'

'Iechyd a Diogelwch 'te, Mistyr . . . m . . . Thomas? Cofiwch hynny! Iechyd a Diogelwch.'

'O?'

'Be tasa'r cyfan yn mynd yn ormod iddo fo, ar y diwrnod? A fynta'n marw dan ein dwylo ni, yn y fan a'r lle, a difetha'r pnawn i bawb arall? A'r pwyllgor yn gorfod talu am y cynhebrwng. Gyda llaw, cymrwch guriad ei galon o, yr un pryd ag y byddwch chi'n cyfri'i ddannadd o.'

Rhoddodd Eilir heibio ysbryd direidi ac amcanu at fod yn wirion, 'Fyddwch chi angan y dienê, tra bydda i wrthi?'

Ond ddaru gwiriondeb ddim gweithio. 'Y. . . dydw i ddim

yn gwbl sicr. Mi fydd raid imi alw'r pwyllgor ymgynghorol ynghyd, i drafod y mater yna. Y peth tebygol ydi y bydd. Ond, mi ro'i wybod ichi yn nes i'r amsar.' Ym mhen arall y ffôn clywodd Eilir y wraig annymunol yn casglu'r cwbl ynghyd, 'Fedra i ddim gwastraffu rhagor o f'amsar hefo chi'r pnawn 'ma, Mistyr . . . m . . . Thomas. Mae'n ddrwg gin i. Teimlo 'mod i wedi gwastraffu gormod o fy amsar prin fel ag y mae hi. Ond, mi anfona'i ffurflen ichi, ac i chithau'i llenwi hi. Mater i'r pwyllgor, fydd dod i benderfyniad. A gwrandwch yn ofalus,' ac aeth ati i danlinellu'r sillafau unwaith yn rhagor, 'mi fydd yn angenrheidiol cadarnhau pob ffaith, pob ffaith, gan dyst annibynnol.'

'Wela i.' Ond ddim yn bwriadu ufuddhau.

'Ac os byddwch chi angen te ar ddiwadd y cyfarfod, mi fydd yn ofynnol cael mis o rybudd o hynny . . . ymlaen llaw.'

'Mi a' i ati i gyfri'i ddannadd o'n gynta, ylwch, ac wedyn . . .' Ond roedd y ffôn wedi diffodd yn y pen arall a'r wraig o gyffiniau Bae Colwyn wedi mynd i wirio cais rhyw druan arall, mae'n debyg, am Fedal Gee.

Roedd Eilir ar chwalu'n briciau pan ddychwelodd Ceinwen i'r ystafell, ac yn ei dyblau. Doedd gan ei gŵr, wedyn, ddim dewis ond cyd-gerdded hefo hi ar hyd y palmant golau.

'Deud i mi, Cein, o geg Ifan, 'ta o'i ben ôl, ma' rhywun yn ca'l gafa'l ar y dienê 'ma?'

'Be wn i?'

'A hefo be ma' rhywun yn gneud y job? Brws dannadd?'

'Gofyn i Ses. Y fo, medda ti, sy'n mynd i ofalu am y *nitty-grit*.'

* * *

Cafodd y Gweinidog sioc bleserus o ddeall mai yn y fro lle magwyd Ifan Jones, ac yn yr union gapel lle bu'n cefnogi'r ysgol Sul am gymaint o flynyddoedd, y cynhelid y digwyddiad. Bu'n meddwl, pa ragluniaeth garedig a drefnodd i bethau fod felly? Ffarmwr tir uchel fu Ifan gydol ei oes cyn i'w wraig ac yntau drosglwyddo'r etifeddiaeth i'w hunig fab, Gwyndaf, ac ymddeol i Borth yr Aur. Yn anffodus, bu gwraig Ifan Jones farw'n fuan wedi iddyn nhw fudo i'r dref a'i adael yn weddw. Gyda rhagfarn arferol pobl gwlad yn erbyn pobl tref, barn y tir uchel oedd na fyddai'r un o'r ddau'n bwrw gwreiddiau mewn Sodom o'r fath; wedi iddo golli'i briod, y farn bendant oedd mai llithro i'r pridd a fyddai'i hanes ac mai dychwelyd i'w hen gynefin a fyddai'i unig feddyginiaeth. Ond y gwrthwyneb a ddaeth yn wir. Cymerodd Ifan at y bywyd trefol ar ei gerdded gyda Chapel y Cei a'i Weinidog yn echel i'r cyfan. Bu cael ei ddewis yn flaenor yno yn un o ddigwyddiadau mawr ei fywyd a doedd neb yn anwylach nag o yng ngolwg yr aelodau, y merched yn arbennig felly, a'r duedd oedd ei foli codlo. Gyda'i ddiniweidrwydd mawr roedd Ifan yn yfed peth felly.

Ond pan glywodd Ifan Jones am y Fedal Gee, a'r man cyfarfod ar ben hynny, roedd ei gwpan yn fwy na llawn a'r atgofion am yr hen fywyd gwledig yn llifo drosodd – hyd at fod yn boendod i bobl ar brydiau. Y drafferth oedd rhoi taw arno. Am ryw reswm, hanesion am 'Miss Jones Tŷ Capel' a frigai i'r wyneb amlaf, a doedd pob stori am Miss Jones ddim yn un i'w hadrodd yn gyhoeddus. Ond, unwaith eto, diniweidrwydd Ifan a'i ddi-feddwl-ddrwg oedd yn gyfrifol am hynny.

Ond ar y diwrnod, roedd hi'n drueni na fyddai Cecil wedi gofalu'n well am yr hen ŵr. Dyna farn pawb o'r darpar deithwyr oedd yn hen gicio'u sodlau wrth y Capel Sinc. Doedd dim o'i le ar y trefniant cludo a wnaed gan y Gweinidog. Fel bob amser, ar gwmni Bysus Glanwern y syrthiodd y coelbren. I fedru cadw Clifford Williams, y perchennog – Cliff Pwmp fel y'i gelwid – rhag symud ei ychydig deyrngarwch i'r Capel Wesle dyna oedd yr unig ddewis. Roedd hi'n fymryn o ysgytwad i rai a ddaeth yno cyn pryd i weld mai Jac Black fyddai wrth lyw'r bŷs.

Wedi gweld o ben y Grisiau Mawr fod y bŷs wedi cyrraedd

a'r criw heb fynd i mewn i'r cerbyd, penderfynodd Ceinwen ac Eilir hamddena cerdded rhag bod yno ymhell cyn pryd a gorfod hel dail hefo hwn ac arall. Ond roedd y ddau wedi hen gyrraedd cyn bod sôn am Ifan Jones na'i fentor.

Sylwodd y Gweinidog ar Jac Black yn camu bys i'w gyfeiriad a cherddodd tuag ato. 'Dw i'n gweld, Jac, ma' chi ydi'n dreifar ni,' heb ychwanegu y byddai'n hapusach pe byddai pethau'n wahanol.

'Ia'n tad. Dydw i wedi ca'l fy leisans yn ôl, ylwch. Wel ers bron i ddeufis bellach.'

'Felly o'n i'n clywad.'

'Heblaw, ddyla mod i ddim wedi'i cholli hi rioed.'

'Deudwch chi.'

'Do'n i ddim wedi yfad dim mwy na llond gwniadur, y ddau dro ce's i 'nal.'

'Wir?' Ond yn gwybod yn wahanol.

'Dim ond bod Llew Traed 'te,' a chyfeirio at y plisman lleol ac un o gyd-lymeitwyr Jac yn y 'Fleece', 'ddim am i neb arall ga'l dafn ond fo'i hun. Heblaw fel'na ma'r Traed.' Yna, edrychodd o'i gwmpas, fel pe fymryn yn bryderus, 'Fedra i ga'l gair byr hefo chi cyn bod y Siswrn 'na yn landio?'

'Medrwch siŵr.'

'Mi dach chi wedi sylwi, yn ddiamau,' a thaflu cip drach ei gefn, 'fod Olifyr Parri, Oli Paent felly, hefo ni?' A doedd Eilir ddim.

'Ydi o'n sobor?' holodd y Gweinidog yn gweld Olifyr Parri'n rhoi winc dyn meddw ar hwn ac arall.

'Ydi'n tad. Y cwbl mae o wedi'i ga'l ydi un sgotyn bach i' helpu o i ddal y jyrni. Er y medar o ddirywio, mymryn, fel y bydd y dydd yn mynd yn 'i flaen. Y job hefo 'rhen Oli dlawd, fel y gwyddoch chi, ydi gwbod faint sy'n ddigon iddo fo a be sy'n ormod. '

Roedd Eilir yn ei chael hi'n anodd dirnad pa wynt croes oedd wedi chwythu Oli Paent i'w plith o gwbl. Yn sicr ddigon, doedd gan Olifyr Parri ddim gronyn o ddiddordeb mewn ysgol Sul, a go brin y gwyddai'r gwahaniaeth rhwng Medal Gee a soser. Awgrymodd hynny, 'Mae o'n drip agorad, dw i'n gwbod, ond pam ma'. . .?'

'Ro'n i'm amau y basa'r peth fymryn o sypreis ichi.'

'Wel ydi.'

Edrychodd Jac amgylch ogylch drachefn, fel petai o'n ofni fod yr MI5 ar ei warthaf. 'Na, mi ddeuda i wrthach chi. Wedi iddo fo roi llun y Frenhinas â'i phen ar y papur wal hwnnw yn Y Fron Dirion mae gwaith wedi mynd o'i afael o, braidd. A rhyw feddwl ro'n i y basa fo'n debyg o yfad llai tasa fo ar drip capal.'

'Ma' hynny'n wir, ma'n ddiamau,' ond yn teimlo ei fod o'n rheswn cwbl annigonol i fod ar drip i anrhydeddu Ifan Jones â Medal Gee.

'A thasa hi'n digwydd mynd dipyn yn meri ar y ffordd adra, wel, dw i wedi rhoi'r organ geg ym mhocad 'i grys o.'

Erbyn hyn, roedd gweddill y parti'n dechrau anesmwytho. 'Hannar awr wedi hannar ddeudodd y Gweinidog,' chwyrnodd un o'r criw, 'a rŵan ma' hi'n ddeng munud i un.'

Ond yr union eiliad honno daeth y *Ferrari Spider*, tanbaid ei liw, i'r golwg a pharcio ar y Cei hanner canllath i ffwrdd. Ochneidiodd y chwyrnwr ei ryddhad, 'Ma'r hen Ifan wedi landio, o'r diwadd. Diolch am hynny,' a chytunodd pawb.

'A dyna sy'n bwysig.'

'Yn hollol . . . diawl, nid fo ydi o.'

'Sut?'

'Dim fo ydi o'

'Wel naci.'

'Rwbath fengach 'di hwn.'

'Fengach lawar.'

Gŵr canol oed cynnar, hefo mop o wallt melyn yn ffrinj uwchben ei eiliau, a gerddai i'w cyfeiriad. Roedd o wedi gwisgo'n or-drendi o'i oed: sgidiau glan môr gwynion, trowsus denim glas golau'n beipen dynn rownd ei goesau, crys polo, un oren, a siaced ddenim, un lliw hufen, yn llac ar ei ysgwyddau. Hwyrach fod yna herc i'w gerddediad ond cuddiai'r gwendid hwnnw drwy bwyso ar ambarél blodeuog wedi'i rowlio i siâp ffon.

'Na, Sais ydi hwn,' meddai un arall o'r cwmni, yn credu mai dyna oedd pawb a oedd yn ddiarth yr olwg iddo.

Erbyn hynny, roedd Cecil wedi dal i fyny hefo'r dieithryn. Roedd y Siswrn, wedyn, mewn siwt gotwm wen a jyrsi llongwr – ond un goch. Dechreuodd ymddiheuro i'r Gweinidog yn ddwylo i gyd. 'Rhaid ichi faddau imi *sweetie-pie. My apologies.*'

Dyna'r foment y dechreuodd y dyn diarth wthio drwy'r bobl a chlirio llwybr iddo'i hun, yn ddigon brwnt, hefo blaen yr ambarél.

Cyfarchwyd y Sais yn Saesneg, *'A very good afternoon to you.'*

Ceisiodd rhai'i ddarbwyllo ei fod ar y trywydd anghywir, '*This is the Gee Medal party.*'

'Maybe, it's the Llandudno bus you want.'

'Wel, be ydach chi'n feddwl?' holodd Cecil yn pwyntio at y gŵr diarth oedd erbyn hyn ar ddiflannu i'r bŷs. *'What do you think?'*

Dyna'r pryd y disgynnodd y geiniog. 'Nid Ifan Jones oedd hwnna?' gofynnodd y Gweinidog, yn gobeithio ddim.

'The one and only.'

'Be ddoth dros eich pen chi, Cecil?' holodd Ceinwen yn teimlo i'r byw o weld Ifan Jones yn mynd i fod yn gyff gwawd i'r cyhoedd. Dyna'r foment y taniodd Jac Black injan y bŷs a'i gwthio i'w gêr.

Tynhaodd y torrwr gwalltiau yn wyneb beirniadaeth y Gweinidog a'i wraig a dechrau'u hannerch, yn gwasgu pob sill, 'Ylwch yma, cariads! Fedrwch chi ddim mynd â *Farmer* Jones i *joyful event* a fynta'n edrach fel tasa fo'n mynd i angladd.' I bwysleisio'i bwynt, dechreuodd lefaru'n stacato, fesul gair, *'The make-over had to be done!'*

Dechreuodd y bŷs symud, a dim ond cael a chael fu hi ar y tri i fedru crafangio i fyny'r stepiau cyn iddi adael.

Os oedd Cymraeg Cecil yn brifo'r glust, eto doedd yna ddim impresario tebyg iddo fo ym Mhorth yr Aur i gyd. Roedd gweddill y daith wedi'i threfnu i berffeithrwydd – bron hyd at pryd y ceid yr hawl i dorri gwynt.

Wrth adael Porth yr Aur cafodd pob teithiwr daflen o'r emynau a oedd i'w canu ar y daith; i greu *'the right buzz'*, chwedl Cecil. I gyd-fynd â'r gwerthoedd y maged Ifan Jones yn eu sŵn, roedd yr alawon a'r geiriau'n mynd yn ôl bron i ddyddiau *Sŵn y Jiwbilî*.

Dyna'r pryd y daeth Oli Paent i'w oed. Eisteddai mewn sedd freiniol – un y tywysydd yn arferol – gyferbyn â'r gyrrwr ac i'r chwith iddo. Cododd ar ei draed, fymryn yn simsan mae'n wir, a gwthio yr organ geg rhwng ei weflau. Fel arweinydd Band y Lijion roedd Oli'n gerddor purion ac ar ei orau pan fyddai wedi cael cyfle i oelio dipyn cyn dechrau ar y gwaith. Roedd Jac wedi gofalu am hynny, wrth far y 'Fleece', ddwyawr ynghynt.

Bu'r canu'n un gweddol a chysidro fod y tonau a'r emynau'n ddiarth i genhedlaeth newydd ac mai naw ar hugain yn unig oedd rhif y côr. Roedd Ifan Jones, fodd bynnag, yn ei ffliwtio hi, serch fod ei rig-owt a'r hyn a genid yn cyfarth ar ei gilydd. Eisteddai'n amlwg gyfforddus wrth ochr Daisy Derlwyn Hughes, y weddw obeithiol, a eisteddai yn ochr y ffenest. Yn wir, wrth ganu'r hen dôn 'Cyfrif ein Bendithion' aeth Eilir i dybio i'r *make-over*, chwedl Cecil, wneud mwy o les nag o ddrwg i'r hen ŵr.

Aed ymlaen yn sionc o 'Casglu yr Ysgubau' i ' Dŵr, Dŵr, Gloyw Ddŵr' – a doedd gan yr offerynnwr ddim i'w ddweud wrth ddŵr – hyd at yr olaf ar y daflen.

Filltir neu well cyn cyrraedd pen y daith gofynnodd Eilir i Jac stopio'r bỳs, dim ond am funud neu ddau, iddo gael dangos hen gartref Ifan Jones ar ochr y mynydd. Gwyddai na fyddai'i fab, Gwyndaf, yn trafferthu dod i weld ei dad yn cael ei anrhydeddu. O weld y ffermdy unig ar lethr llwm ymhell o bob man aeth pawb yn fud. Ond yna, dechreuodd pawb guro dwylo a'r hen ŵr yn amlwg wrth ei fodd.

Wedi'r munudau cysegredig ailgydiodd Cecil yng nghorn gwddw'r meic a brefu drwy hwnnw, 'Yn ola, *to conclude*, rhif wyth, *number eight on the hymn sheet,* 'Clywch geiniogau'n disgyn' . . . Reit! *One, two!*'

Sylwodd Eilir fel roedd Jac Black yn hanner hymian yr alaw honno. Ond barn Ceinwen oedd mai meddwl am y tipio a fyddai'n debyg o ddigwydd ar derfyn y siwrnai roedd Jac ac nid am wir ystyr y geiriau.

* * *

Cyrhaeddwyd y 'capel bach', ym mherfeddion gwlad, ddeng munud wedi amser dechrau. Neidiodd Cecil oddi ar step y bŷs i'r ffordd fawr mor ysgafndroed â chath ifanc a dechrau cyfarwyddo'r teithwyr, '*Ladies and gentlemen, if you want a wee-wee* cyn mynd i mewn, ma'r cwt ar y chwith, tu cefn i'r capal – *unisex* ma' gin i ofn. A 'sna ddim drws. *So do take care.*'

Wrth gerdded strydoedd Porth yr Aur, cyn y digwyddiad, clywodd Eilir, gan rai o bobl y tir uchel a ddeuai i'r dref i siopio, gymaint a fyddai'r croeso i Ifan Jones wrth ei weld yn dychwelyd i'w hen gynefin. Gwir oedd y gair, wrth ddrws y capel safai nythaid o wragedd ffermydd, 'merched y te', yn eu ffedogau a'u bratiau lliwgar yn disgwyl amdano iddyn nhw gael ei groesawu – a'i swsian os byddai hynny'n bosibl. Ond aeth Ifan drwy'u canol, fel cyllell boeth drwy fenyn, yn ei awydd i gael lle i roi'i glun i lawr.

'Ydi Ifan Jones ddim hefo chi?' holodd gwraig gydnerth a gofiai Ifan yn ffarmio am y terfyn â'i rhieni.

'Wedi mynd i mewn yn barod, cariad,' oedd yr ateb.

'Bobol! Welis i mo'no fo.'

'Do, mi gwelsoch o. Dim i nabod o ddaru chi, ylwch.'

'O!'

'Welsoch chi rwbath tebyg i fyharan mewn cnu oen?'

gofynnodd un arall o'r criw, yn meddwl am idiom a fyddai'n canu cloch yng nghefn gwlad.

'Y peth hwnnw oedd o?' ebe'r wraig, mewn rhyfeddod. 'Rwbath hefo gwallt melyn?'

'Dach chi'n iawn y tro cynta, cariad.'

'Be ar wynab y ddaear sy wedi digwydd iddo fo?'

'Ddeuda i wrthach chi, pan fydd gin i fwy o amsar,' oedd yr ateb, cyn cael ei sgubo yn ei flaen yn frwnt gan rai a ddychwelai o fod yn y cwt-heb-ddrws ac yn awyddus i fachu sedd – os oedd rhai ar ôl.

Roedd y 'capel bach', fel y mynnai Ifan Jones alw'r lle, yn fwy na llawn. Gwthiwyd y Gweinidog a'i wraig i fod y seithfed a'r wythfed mewn sedd i chwech.

'Ond William Edwards ydi nacw,' sibrydodd Ceinwen, yn pwyntio at Lywydd y cyfarfod.

'Wn i Cein. Dw i 'di'i nabod o am dros chwartar canrif. Dydi o'n edrach yn dda?'

'Ond fyddwn i yma am byth, byddwn?'

'Byth bythoedd. Os oes 'na'r fath beth.'

Cyn rhoi'i delyn ar yr helyg, ac ymddeol i'r arfordir, bu William Edwards yn Weinidog hefo'r Annibynwyr ym Mhorth yr Aur. Ei duedd, bryd hynny, oedd golchi traed y saint hefo dŵr rhy boeth ond y farn gyffredinol oedd mai Prisila, ei wraig, a ferwai'r dŵr hwnnw.

Bu anerchiad y Llywydd ar ddechrau'r cyfarfod yn faith, yn dri chwarter awr bron. O'r herwydd, cafodd y ddau gyfle i fwrw golwg dros y gynulleidfa. Eisteddai Oli Paent mewn sedd anffodus o amlwg am y llwybr â'r sêt fawr ac yn wynebu'r gynulleidfa, a Jac Black wrth ei ochr. Bob hyn a hyn, ffuretai Oli am yr organ geg ym mhoced ei gesail. Yna, wedi llwyddo i gael gafael arni, bygwth perfformio'n gyhoeddus cyn siglo chwerthin am ben ei wiriondeb ei hun – fel y bydd ambell un meddw. Ofnai Eilir fod Jac yn ei gymell i ddal ati. Ond roedd perfformiadau Oli'n difyrru'r amser i'r gynulleidfa tra roedd Edwards yn rhwyfo yn ei flaen.

Yn y seddau blaen eisteddai'r ddau ddwsin neu well o rai a oedd yno i dderbyn y Fedal. Yn anffodus, roedd y wraig o gyffiniau Bae Colwyn wedi'u gosod i eistedd yn ôl hyd blynyddoedd eu gwasanaeth yn hytrach nag yn nhrefn yr enwau ar y rhaglen. Ac roedd hynny'n fwy o rwystr nag o gymorth. O'r herwydd, eisteddai Ifan Jones tua chanol y rheng ond yn edrych yn anghymesur o ifanc. Yr hyn a ofidiai Eilir oedd bod Cecil wedi gwthio'i hun i'w canol, wedi i'r cyfarfod ddechrau; eisteddai wrth ochr Ifan Jones a'r gwallt lliw sensor yn gudynnau hirion dros ei ysgwyddau. Ond dyna fo, fyddai Ifan yn clywed dim oni bai fod Cecil yn ei gesail yn ei bromptio.

'Torville and Dean,' sibrydodd Ceinwen wedi dal ei gŵr yn edrych i'r cyfeiriad.

'Ia, debyg,' ond heb weld unrhyw debygrwydd, nac yn cofio fawr ddim am y ddau a sglefriai ar rew mewn dyddiau a fu.

Daeth William Edwards â'i farathon i ben gyda'r cwestiwn rhethregol a ofynnai i gloi pob pregeth ac anerchiad, 'Pwy fyth faga blant?' Doedd gan y ddau ddim plant eu hunain.

Y wraig o gyffiniau Bae Colwyn a alwai enwau'r rhai oedd i'w anrhydeddu a nodi hyd eu blynyddoedd yn yr ysgol Sul yr un pryd. Y rheini, wedyn, yn bustachu i ddod allan o'r seddau heibio i'r rhai oedd wedi'u hanrhydeddu o'u blaenau; roedd Cecil, fel y gellid fod wedi proffwydo, fwy ar y ffordd na neb. Yna, y Llywydd yn ysgwyd llaw ac yn eu llongyfarch, yn pinio'r fedal ar eu brestiau a'u gwahodd i ddweud gair neu ddau.

'Evan Jones, Capel y Cei, Porth yr Aur. Pedwar ugain a dwy o flynyddoedd.' Cododd Cecil, i wneud lle i Ifan Jones, a chafodd gymeradwyaeth na ddisgwyliai amdani. Swatiodd yn ôl yn ei sedd yn y fan.

Wedi cryn ymdrech llwyddodd Ifan i rwyfo'i ffordd, hefo'i ambarél haul, i adwy'r sêt fawr a Cheinwen yn gofidio'n fawr am sylwadau dau a eisteddai o'u blaenau.

'Rhaid ma'i fab o 'di hwn.'

'Wedi dŵad yma i'w gynrychioli o, debyg.'

'Ia. Ac o un o'r gwledydd poethion 'na, yn ôl pob golwg.'

Rhythodd y Llywydd ar y canol oed, trendi, yn adwy'r sêt fawr a'i hysio ymaith â'i law. Roedd William Edwards, wrth gwrs, yn meddwl am y gwir Ifan Jones, yr henwr penwyn, a gofiai yn nyddiau Porth yr Aur. Ond serch hynny, ymlwybrodd Ifan at y Llywydd, cythru i'w law a'i hysgwyd yn siriol, 'Sudach chi, Edwards?'

Wedi nabod yr Ifan newydd, roedd William Edwards, bellach, yn awyddus i brysuro pethau. Heb amlhau geiriau, cythrodd i'r fedal, stryglo i agor y seffti-pin a mynd ati i arwisgo Ifan ar ormod o hast. Yn anffodus, aeth y bin drwy'r crys polo, tenau, ac i'w gnawd.

'Paid, gythral!' ebe hwnnw, a'r gynulleidfa'n rowlio chwerthin.

Doedd gan y Llywydd ddim dewis ond gofyn i Ifan Jones am air o brofiad fel y gwnâi i bawb arall. Eglurodd fel roedd Ifan Jones, y pnawn hwnnw, yn dychwelyd i'w hen gynefin a diau fod atgofion yn dygyfor. 'Os cawn ni air gynnoch chi, frawd . . . un byr.'

'Sut deudoch chi, Edwards?' yn clywed fawr.

Cododd ei lais, 'Pwy ydach chi'n gofio yn yr ysgol Sul, pan oeddach chi yma?' A dyna beth oedd agor drws a ddylai fod yn gaeëdig dynn, os nad wedi'i gloi.

'Wel, ma gin i go byw iawn am Miss Jones Tŷ Capal, fel byddan ni'n cyfeirio ati.'

'O na!' sibrydodd Ceinwen. 'Rioed?'

'Dynas agos iawn i'w lle oedd y ddiweddar Miss Jones. Hi fydda'n cyfeilio yn y capal bach. Ac mi geuthon ni gyfla i'w hanrhydeddu hi ar derfyn deugian mlynadd o wasanaeth.'

Roedd cyfran dda o'r gynulleidfa'n perthyn i Miss Jones, yn swyddogol neu'n answyddogol, a dechreuodd y rheini ddyrchafu'u hunain yn eu seddau.

'Ond, yn anffodus, fydda hi ddim yn ryw ddiogel iawn i

bregethwr diarth fynd ati am de, ar bnawn Sul. Wel, ar 'i ben'i hun felly.' Ymsuddodd y teulu yn ôl i'w seddau, yn is na chynt. 'Ond dyna fo, welsoch chi mo'i gwell hi am gyfeilio. Yn arbennig i gorau meibion.'

Erbyn hyn, roedd y Gweinidog yn isel iawn yn ei sedd; gwyddai'n well na fawr neb arall berorasiwn y stori anffodus honno.

'A'r hyn neuthon ni i'w hanrhydeddu hi, wedi pwyllgora dipyn, fel bydda ni, oedd cyflwyno'r Deg Gorchymyn iddi, mewn ffrâm. A'r seithfad mewn inc coch. Gan obeithio y bydda hynny'n fymryn o atalfa arni. Ond dyna fo, dynas agos iawn i'w lle oedd y ddiweddar . . .'

Dyna'r foment y neidiodd Cecil ar ei draed, cwpanu'i ddwylo a gweiddi, '*Farmer Jones! Miss Jones back to bed!*'

Ond, heb ddeall y geriau, tybiodd yr hen ŵr mai arwydd oedd hwnnw iddo ddygnu arni, ac aeth yn ei flaen, 'Ac yn ôl fel y clywis i ryw bregethwr o'r Sowth yn deud, roedd y ffrâm honno, bob amsar, wrth erchwyn 'i gwely hi.'

Gan fod teulu agosaf Miss Jones, bellach, ar eu traed mewn protest penderfynodd y Llywydd roi taw arno. 'Dyna ddigon, frawd.'

'Sut dach chi'n deud, Edwards?'

Oherwydd y babel lleisiau, ac yntau'n methu'u dehongli, aeth Ifan Jones ati i chwarae hefo olwyn y cymorth clyw. '*The area forecast for the next twenty four hours. The Met Office issued the following severe gale warning to shipping at 2206 today . . .*'

Ym mhrofiad Eilir, Ifan Jones oedd yr unig un o dan wyneb haul y greadigaeth a chanddo gymorth clyw allai godi negeseuon o orsafoedd radio, pell ac agos, a'u chwyddo wedyn drwy bob system sain o fewn hanner milltir.

Er eu bod ym mherfedd gwlad, a hithau'n bnawn braf, aeth y Swyddfa Dywydd ati i broffwydo fod stormydd gerwin ar gyrraedd, '*Attention all shipping, especially in sea areas Cromarty, Forth, Tyne, Dogger. Westerly veering northwesterly, gale nine to violent storm eleven. Rough becoming very rough later. Heavy rain. Poor becoming very poor. Fisher, German Bight . . .'*

Er bod cryn naw i ddeg heb eu hanrhydeddu roedd 'merched y te', erbyn hyn, ar hast naill ai i fynd i gasglu'r plant o'r ysgolion neu i ddechrau godro, a doedd dim pwynt i ganu emyn i gloi oherwydd allai neb glywed y Llywydd yn cyhoeddi'r rhif.

'Rockall, Malin, Hebrides, Bailey. Westerly or northwesterly, veering southeasterly, five to seven, perhaps increasing in Bailey to gale eight. Moderate or rough, becoming very rough later. Moderate, occasionally poor. Fair Isle, Faeroes, Southeast Iceland. West or northwest, four or five. Slight or moderate. Moderate, soon becoming good or very good . . .'

Tra roedd rhagolygon fod y tywydd yn gwella, penderfynwyd canolbwyntio ar gael Ifan Jones allan o'r adeilad cyn gynted â phosibl, a'i lwytho i'r bŷs, a'u bod yn mynd ymlaen i anrhydeddu'r gweddill wedi te. Ond yn rhyfedd iawn, unwaith roedd Ifan ar risiau'r bŷs daeth y darllediad i ben, '*That completes the shipping forecast,*' ac eithrio llinell neu ddwy o *Sailing By* pan oedd yr hen ŵr yn ceisio dod o hyd i'w sedd.

Yn ffodus i bobl Porth yr Aur, roedd yr impresario fel petai o wedi rhagweld y byddai problemau'n digwydd ac wedi trefnu pryd bwyd ar y ffordd adref yn hytrach nag yn y festri.

'*Cecil's party*, ffordd yma, *this way* os gwelwch chi'n dda. *As fast as possible.* Rhag ofn i'r *curry* oeri. *This way, ladies and gentlemen.*'

* * *

Jac oedd yn dal y bwced a'r Gweinidog yn ddim ond presenoldeb. Safai Cecil Siswrn yn nes i step y bŷs, ddim yn teimlo'n dda'i hun, ei freichiau dan ei geseiliau ac yn mwmian, '*How could you, Farmer Jones?*' Ond Cecil oedd y drwg yn y caws.

'Triwch ga'l y pysgod i'r bwcad, Ifan Jones, bendith tad

ichi,' apeliodd Jac Black. 'Yn lle bod nhw'n mynd dros rochor i bob man ac am ben sgidiau rywun .' Taflodd gip i gyfeiriad y Gweinidog, 'Fydd raid i chithau gydio yng nghlust y bwcad cyn bo hir.'

'Ond, Jac, dw i'r sala'n fyw hefo peth fel'na.'

'Diawl fydd raid ichi, bydd? Fydda i isio gneud dŵr, ylwch.'

'Wel, daliwch gyhyd ag y medrwch chi.'

'Welis i ddim cymaint o bysgod yn dŵad o berfadd neb rioed,' ychwanegodd Jac wedyn, yn gyrru'r cwch fwy i'r dŵr, 'hyd yn oed pan o'n i ar y môr. 'Dda gythral bod yna ffos wrth sawdl y clawdd 'ma, hefo dŵr rhedag. Fel ma'r bwcad yn gorlenwi, dw i'n medru transffyrio rhai o'r pysgod i fan'no. Ar y rêt yma, mi fyddan 'di cyraedd Porth yr Aur o flaen y bŷs.'

Daeth sŵn un ar fin cyfogi o gyfeiriad step y bŷs. Cododd Jac ei ben i weld Cecil yn ei ddwbl ac ar fin dynwared Ifan Jones. Edrychodd drach ei gefn i gyfeiriad y Gweinidog, ac apelio, 'Fedrwch chi ddim rhoi hand i'r Siswrn? Tra bydda i'n delio hefo'r cês cynta?'

'Wel . . .'

'Er ma' dim ond un bwcad sy 'ma, yn anffodus.'

Fesul un a dau, fel dŵr yn dripian o dap yn gollwng, dechreuodd gweddill y teithwyr ddisgyn o'r bŷs i gael gweld beth oedd yn digwydd. Cododd cawod o sylwadau anfuddiol o'u plith a ffyrnigo Jac Black.

'Ddyla rywun fel fo ddim byta fish o gwbl wchi. Welsoch chi lle magwyd o, do?'

'Wel perfadd gwlad 'te? Filltiroedd o olwg 'run môr.'

'Cytuno hefo chi. Dydi stumog dyn fel'na ddim wedi'i gerio ar gyfar pysgod.'

'Yn hollol. Ar uwd a chig moch cartra y cafodd rywun fel 'rhen Ifan 'i fagu – nid pysgod.'

''Swn i'n deud, 'te, na welodd o rioed gymaint â ffish ffingyr cyn landio ym Mhorth yr Aur 'cw.'

Cafodd Jac ddigon ar y moesoli, lathen neu ddwy i ffwrdd,

'Oes 'na rywun ohonoch chi fedar gydio yng nghlust y bwcad 'ma am second?'

'I be?'

'Imi ga'l pisiad 'te.'

Aeth Daisy Derlwyn Hughes i'w gilydd i gyd, 'Dyna be ydi dyn rŵd.'

'Ond un glust sgin y bwcad, Jac,' meddai un gwirionach na'i gilydd.

'Be?' ac roedd Jac ar ffrwydro. 'Drapia ulw!' O ddadlau a pheidio â chadw'i lygaid ar bethau gorlifodd y bwced am yr eildro a golchi dros ei sgidiau.

'Ych â fi,' ebe Daisy, o gwr y dyrfa, wrth weld Ifan Jones yn cael gwared â physgodyn amrwd arall. 'Os gnewch chi fy esgusodi i, dw i am fynd yn ôl i'r bỳs.' Tynnodd hances sidan o rhwng ei dwyfron a'i rhoi dros ei cheg, 'Pw! Pwy fyth fyta bysgod?'

A physgod oedd y drwg. Roedd Cecil wedi trefnu pryd o fwyd i bawb – heb ymgynghori hefo neb, wrth gwrs – yn yr Ichiban Sashimi House Restaurant, tŷ bwyta Siapaneaidd a oedd newydd agor ar gyrion Cwm Oer a ddim ymhell iawn o'r Llew Du. Doedd Eilir ddim yn bleidiol i'r trefniant; ychydig filltiroedd oedd yna i gyrraedd Porth yr Aur a'r cartrefi. Ond fel y dadleuai Ceinwen, roedd amryw o'r criw yn byw ar eu pennau'u hunain a'r pryd yn gyfle i ragor o gymdeithasu yn ogystal â bwyd wedi'i goginio'n barod. Wedi gwrando ar resymeg Ceinwen roedd hi'n anodd iawn i'w gŵr ddadlau'n wahanol.

Ond ym marn Eilir, roedd yr awyrgylch yn yr Ichiban yn llawer mwy derbyniol na'r un yn y 'Blac', filltir neu ddwy i lawr y ffordd. Dim o'r *bwm-tymp, bwm-bwm-tymp* a geid yn y fan honno. Yn y cyntedd roedd yna ddelw o fwda boldew, awyrgylch esmwyth y tu mewn a'r Siapaneaid a weiniai wrth y byrddau yn cerdded fel ar flaenau'u traed ac yn dweud fawr ddim.

Penderfynodd y Gweinidog a'i wraig, a nifer eraill, lynu at

y math o fwyd a geid yn arferol. Y broblem hefo Ifan Jones oedd mai Cecil a archebai ar ei ran a *sashimi* oedd ei ddewis a hynny, mae'n debyg, er mwyn dangos ei blu coginiol ac i'r bwyd gydfynd ag enw'r lle. Ond yng ngolwg Ifan fedrai'r Siswrn gymryd yr un cam gwag. Petai Cecil yn ordro gwadnau sgidiau mewn grefi ar ei gyfer fe'u bwytai'n llawen a'u mwynhau.

Yr hyn landiodd o flaen Ifan Jones oedd platiad anferth o bysgod, heb eu diberfeddu na thorri'u pennau, a heb brin weld na phadell na phopty. I gyd-fynd, roedd yna faich o ddeiliach, a phowlenni o wahanol sosys i Ifan ddipio pennau'r pysgod ynddyn nhw yn ôl ei ffansi. Gan ei fod heb gael tamaid o fwyd er canol y bore, ymosododd ar y mân bysgod, tri chwarter amrwd, fel petai branar arno a'u llowcio'n ddeuoedd a thrioedd. Ond roedd y pwdinau at ddant pawb bron, yn orfelys hwyrach, ond yn flasus dros ben.

Wrth i Jac, a oedd wedi colli gormod o amser yfed fel ag yr oedd pethau, droelli'r bỳs rownd y corneli gyferbyn â hen gapel Sardis yr aeth Ifan yn wirioneddol wael. Cael a chael fu hi i Cecil a'r Gweinidog ei gael allan o'r bỳs ac at y clawdd; carlamodd Jac Black rownd cefn y bỳs i gyrchu'r bwced. Dyna pryd y daeth y pysgod amrwd yn ôl i olau dydd, ac i geisio mapio'u ffordd i'r môr ym Mhorth yr Aur.

* * *

Ar y ffordd yn ôl i Borth yr Aur y sylwodd rhywun nad oedd Medal Gee Ifan Jones ar ei ddwyfron. Bu yno ers i'r Llywydd, William Edwards, ei phinio'n frwnt i'w frest yn ystod y llongyfarch. Ond gan fod yr hen ŵr wedi syrthio i gysgu wedi'r gorchwyl y bu drwyddi aeth yn faes trafod cyhoeddus. Cysgai â'i ben, fwy neu lai, ar arffed Daisy Derlwyn Hughes â golwg ych-â-fi ar wyneb honno.

'Faswn i'n taeru bod y fedal ar 'i frest o yn y caffi.'

'Wel, mi oedd hi.'

'W! Welsoch chi'r pysgod fytodd o?' a newid pwnc.

'A rheini heb'u cwcio.'

'Na 'u hagor'

'Hei, dw i'n cofio rŵan,' meddai un mwy sylwgar na'i gilydd, 'doedd y peth ddim ar 'i frest o wedi inni gyrraedd yn ôl i'r bŷs!'

'Ma' hynny'n efengyl wir,' ategodd Meri Morris a eisteddai am y llwybr ag Ifan. Trodd yn ei sedd i chwilio am y Gweinidog a'i wraig, a gweiddi, 'Mistyr Thomas, oeddach chi'n weddol agos i'r bwcad pan oedd Ifan Jones yn taflu'i fyny?'

'Oeddwn. Ond mor bell ag y medrwn i.'

'Welsoch chi mo'r fedal yn mynd â'i thin am 'i phen i'r afon hefo'r haig pysgod?'

'Well ichi ofyn i Jac,' awgrymodd hwnnw, i geisio newid y pwnc.

Ond daeth Meri i farn derfynol yn y fan a'r lle, 'Wedi mynd i ganlyn pob dim arall ma' hi, ma'n siŵr.' Trodd eilwaith yn ei sedd, 'Fedrach chi ga'l Medal Gee arall i Ifan Jones, Mistyr Thomas, tasan ni'n trefnu noson bring-an-bei i dalu am un iddo fo?'

'Go brin. Ond mi ro'i gynnig arni.'

'Diolch ichi,' meddai Meri a throi yn ei hôl.

'Wedi i'r bŷs barcio wrth y Capel Sinc, Cecil ei hun a aeth ati i ddeffro Ifan Jones, '*Farmer Jones, wakey, wakey!*' Yna ychwanegu, 'Bwyd yn barod!' O glywed y gair 'bwyd', ac ofni fod yna blatiad arall o bysgod amrwd yn ei wynebu, deffrodd yr hen ŵr yn unionsyth a dechrau hymian 'Clywch geiniogau'n disgyn'.

Y noson honno, ar wahân i Jac Black, y Gweinidog oedd un o'r rhai olaf i adael y bŷs. Roedd Cecil, chwarae teg iddo, wedi cymryd gofal bugeiliol o Ifan Jones. Drwy ffenestr flaen y bŷs fe'i gwelai yn ei dywys yn ofalus i gyfeiriad y *Ferrari Spider.* Serch holl remp y dydd, gwyddai y byddai Ifan Jones yn ddiogel yn ei wely, a'i dŷ wedi'i gloi dros nos, cyn y byddai Cecil yn ei adael.

'Hwyl ichi rŵan, Jac. Gewch chithau noswyl gyda hyn.'

'Caf, a na chaf.'

'O?'

'Fedrwch chi ddim gweld be sy'n un llarp yn y sêt gefn 'na?' A dyna lle roedd Oli Paent, ar wastad ei gefn, ac yng ngafael cwsg dyn meddw.

'Wel, mi wyddoch be i' neud hefo fo yn well na fi.'

''Rhoi mwy o be gafodd o ar y dechrau iddo fo, fydda i.'

'O?' Ond methu â gweld sut y byddai hynny'n gweithio.

'Mi rhosa innau yno hefo fo wedyn,' ychwanegodd yn rhagrithiol, 'i fod yn fymryn o gwmni iddo fo fel petai. Ond adra, fel chithau, y baswn i'n lecio bod. Eith yn hwyr gythril arna i heno 'ma cyn y ca 'i gyfla i ddeud 'y mhadar.'

'Eith, debyg,' ond ddim yn llyncu'r sylw.

Pan oedd Eilir ar ddal i fyny hefo'i wraig, clywodd Jac yn gweiddi arno o step y bŷs, 'Fedrwch chi ddim ca'l medal i'r hen Oli, ma'n siŵr? Taswn i'n gofyn ichi.'

'Medal?'

'Ia.'

'I Olifyr Parry? Na fedra.'

'O!'

''Ga' i ddigon o draffarth i ga'l un arall i Ifan Jones. Pam dach chi'n gofyn?'

'Dim ond rhyw feddwl ma' sioc felly fasa yn 'i sobri o.'

* * *

Ond chafodd y Gweinidog ddim cymaint o drafferth â hynny i gael ail Fedal Gee i Ifan Jones. Wedi iddo ailgysylltu â'r ddynes o gyffiniau Bae Colwyn – nad oedd ronyn cliriach, eto, beth oedd ei henw – sylweddolodd mai gwraig waeth ei chyfarthiad na'i brath oedd hi. Yn wir, o sgwrsio eilwaith hefo hi daeth i'r casgliad fod ganddi'r llygedyn lleiaf o hiwmor. Daeth cofio am y canol oed yr olwg yn y dillad haf ag ias o wên i'w llais. A phan ymddiheurodd y Gweinidog am i Ifan

Jones, a'i gymorth clyw oriog, roi pen ar bethau, taerai iddi'i chlywed yn cecian chwerthin.

Cyn diwedd yr ymgom cyfaddefodd wrth Eilir, wedi iddi'i siarsio i gadw'r peth o dan glust ei gap, iddi gamgyfrif nifer y medalau a fyddai'n angenrheidiol y flwyddyn honno. Embaras iddi, meddai, fyddai gorfod anfon honno'n ôl. Felly, fe anfonai honno iddo a hynny gyda'r troad. Yna ychwanegodd, ac roedd y Gweinidog yn falch iawn o glywed hynny, na fyddai'n angenrheidiol iddo ailgyfrif dannedd Ifan Jones, nodi eto'i bwysau gwaed na thrafferthu, eilwaith, hefo'r brws dannedd a'i ddienê.

Pan dderbyniodd Ifan Jones ail Fedal Gee o fewn pythefnos ail-lanwyd ei gwpan nes bod hwnnw'n gorlifo unwaith yn rhagor. Cynhaliwyd yr ail seremoni yng Nghapel y Cei yn ystod oedfa'r bore; Ifan yn ei siwt dywyll arferol, ond wedi colli cap arall ar y daith, ac yn debycach lawer iddo fo'i hun. Yn groes i ddymuniad y Gweinidog mynnodd gael dweud gair. Ac, yn anffodus, cyfeiriodd unwaith yn rhagor at ragoriaethau Miss Jones Tŷ Capel a'i hesgeulustod o'r seithfed o'r Deg Gorchymyn.

6. YR IWREINAL

Roedd yn rhaid galw Cyfarfod Blaenoriaid wedi i Clifford Williams, perchennog Garej Glanwern, anfon gair at y swyddogion yn pryderu am y cilio o'r oedfaon ac yn holi a ellid bywiogi ychydig ar bethau. Yn ôl Cliff, cafodd y mater ei drafod ar lawr y capel ar derfyn oedfa fflat, wel fflatiach nag arfer; barn amryw oedd mai yn y lodj y bu'r drafodaeth honno. Cyn cychwyn am y pwyllgor rhybuddiwyd y Gweinidog, gan ei wraig, i beidio â bod yn fyrbwyll, i gyfri deg, i fod yn hogyn da, i beidio ymhél â Jac Black na, chwaith, addo prynu dim byd oddi ar law Shamus Mulligan.

'Wedi newid gormod ydan ni'n barod,' meddai John Wyn, yr Ysgrifennydd. 'Dydan ni wedi rhoi'r dŵr ar y mitr fel ag y mae pethau.' Fe'i porthwyd gan un neu ddau. 'Ac os ca'i ddeud, dydi'i flas o ddim cystal.'

O glywed y Gweinidog yn cael ei wrthwynebu, a hynny ar ddechrau'r drafodaeth, aeth Cecil Humphreys ohoni'n lân. Gwasgodd ei geg at ei gilydd, yn fotwm bol, a dechrau siarad fesul sill, 'Mistyr John Wyn, cariad, hefo be byddwch chi'n shefio, *if I may ask? Cut-throat?* Ac os ca i ofyn, lle bydd Musus Wyn a chithau yn gneud *you know what*? *Bottom of the garden*? Ma'n rhaid inni symud hefo'r oes, siwgwr.'

Taflodd Eilir gip ymbilgar i gyfeiriad Dwynwen, a oedd yn fam i dri oedd yn bobl ifanc erbyn hyn, i weld a allai hi ddod â'r cwch i dir. 'Wel, os ydach chi'n gofyn fy marn i, Eilir, dw i'n cytuno hefo Cecil.' Roedd y ddau'n dipyn o lawiach. 'I gyrraedd oes newydd ma' rhaid cyfathrebu mewn ffyrdd newydd. Dw i'n sylwi ar y plant acw, mi fedrwch ddeud wrthyn nhw ganwaith a chofian nhw ddim. Dangoswch rwbath iddyn nhw, unwaith, ac mi gofian.'

'Mae yna synnwyr yn be ma' Dwynwen yn 'i ddeud,' ategodd y Gweinidog. 'Ac erbyn hyn, ma' nifer o'n gweinidogion fenga ni yn defnyddio cyfrifiadur a sgrin i ddangos lluniau – i danlinellu'r negas fel petai.'

Pan ddeallwyd fod yna bosibilrwydd cael gweld lluniau mewn oedfa newidiodd yr awyrgylch. Fe aeth hyd yn oed John Wyn ati i nofio hefo'r llanw, 'Wel mi fasa gweld dipyn o luniau yn ystod y bregath yn torri ar y diflastod arferol ac, o bosib, yn byrhau dipyn ar y gaea inni.'

'Wel dw i flys cynnig,' meddai Meri Morris, wedi camddeall yr amcan yn llwyr, 'ein bod ni'n symud ymlaen ar fyrdar. Fûm i ddim mewn pictiwrs er yr amsar ro'n i'n caru hefo Dwalad stalwm. Dw i'n cofio mynd i'r Palladium . . .'

''Rhen Cis an' Sgratsh fel byddan ni'n galw'r lle,' ebe Howarth, ar draws. 'Wrth bydda yno gymaint o chwain 'te? Gin i go byw iawn fel bydda Musus Howarth a finnau yn . . .' a phenderfynu peidio â datgelu rhagor. 'Ma'n blesar gin i eilio cynnig Meri Morris.'

Cyn pleidleisio aeth y Gweinidog ati i egluro y byddai hyn i gyd yn golygu cost i'r eglwys; o leiaf byddai'n ofynnol prynu gliniadur a thaflunydd, a sgrin i fedru dangos y lluniau. Yn dilyn hynny, bu trafodaeth ddiflas, faith ar y gwahanol ddulliau posibl o godi arian i fedru prynu'r offer. Roedd Howarth yn frwd dros gynnal cystadleuaeth dyfalu nifer y pys mewn pot jam ac Owen C. Rowlands yn ddigon parod i'w gefnogi ond gyda'r sicrwydd, 'er tegwch i bawb' chwedl Now, y byddai pob pysen o'r un maint.

Yr unig awgrym i gael dyfnder daear y noson honno oedd cynnig hael Meri Morris i gynnal diwrnod agored yn Llawr Dyrnu a'r elw i fynd at y codi arian. I arallgyfeirio, roedd Dwalad a Meri, ar awgrym y gangen leol o Undeb Ffermwyr

Cymru, wedi cynnal diwrnod o'r fath. Dathlu'r hen ffordd o amaethu oedd y bwriad: Meri ar y borfa yn godro hefo llaw, ac yn nillad y cyfnod; Dwalad yn chwalu tail hefo fforch o'r hen oes a Meri, wedyn, yn dangos sut i wneud menyn cartref.

Derbyniwyd y cynnig, wedi i John Wyn gael sicrwydd y byddai'r buarth wedi'i garthu cyn i neb gyrraedd yno. O ran hynny, doedd Llawr Dyrnu, i mewn nac allan, mo'r lle glanaf. Flwyddyn neu ddwy ynghynt, roedd yr Ysgrifennydd wedi mynd yno ar ryw neges neu'i gilydd ar ran y Capel. Yn dâl am ei drafferth, ac yn ddiarwybod iddo, glynodd gwadn o faw gwartheg o dan ei esgid; gadawodd John Wyn sawdl y wadn wleb honno yn y car ac argraffu'r gweddill ar fat cnu oen, un claerwyn, ym mharlwr ei gartref.

Pan bleidleisiwyd yn derfynol ar yr awgrym roedd pawb o blaid ond Ifan Jones. Ond doedd Ifan ddim o blaid nac yn erbyn. Wedi syrthio i gysgu roedd o.

Wedi cyrraedd y drws dechreuodd y Blaenoriaid ffarwelio â'u Gweinidog.

'Nos dawch, Mistyr Thomas.'

'A phob bendith ichi hefo'r gwaith.'

'Gysgwch yn dawal heno 'ma.'

'Nos da.'

Trodd y Gweinidog yn ei ôl i weld Cecil newydd osod ei geg yn union wrth dwll clust yr hen ŵr, *'Farmer Jones,* cariad. *Horlicks time!'*

* * *

Roedd penderfyniad Pwyllgor Blaenoriaid Capel y Cei ar y strydoedd cyn deg fore trannoeth. Tref felly ydi Porth yr Aur, y meini'n gwrando, y ffenestri'n gwylio a'r drysau, wrth gau ac agor, yn ailadrodd.

'Ydach chi'n weddol bora 'ma, Mistyr Thomas?'

'Olifyr Parri, chi sy 'na? Fora go braf.'

'Dibynnu faint sgin rywun i' neud 'te,' a chroesodd Oli Paent o un pafin i'r llall yn ei ofarôls gwyn gyda thun o baent o dan un fraich a rholyn o bapur papuro o dan y fraich arall.

'Mynd i bapuro dach chi?' er fod hynny'n weddol amlwg.

'Nagi,' meddai Oli.

'O?'

'Mynd i stripio be 'dw i newydd 'i osod, yn anffodus,' a rhoddodd Olifyr Parri y tun paent i lawr ar y palmant a'r rholyn i bwyso yn erbyn wal un o'r siopau. 'Mi ddeuda i wrthach chi, os oes gynnoch chi amsar i sbario. Oes, digon, debyg.'

'Wel?'

'Mi wyddoch am y Daisy Derlwyn Hughes honno, y buo'i gŵr hi farw mor . . . m . . . be ddeudwn i?'

'Gwn,' prysurodd y Gweinidog, i osgoi gorfod gwrando unwaith yn rhagor ar y stori anffodus y clywodd gymaint o ailadrodd arni.

'Mi ofynnodd imi fynd draw i'r Fron Dirion i bapuro'r bathrwm iddi.'

'Wela i.'

'Ac oedd hi isio papur â llun y Frenhinas arno fo.'

'O?' ond yn cael y sgwrs yn un hynod anniddorol.

'Ella 'mod i wedi oedi mymryn mwy nag arfar yn y 'Fleece' y canol dydd hwnnw. A finnau heb fy sbectol. Ond wedi darfod y sglyfath job mi welis 'mod i wedi'i gosod hi â'i phen i lawr a'i phen ôl at y siling.'

'Y Frenhinas felly?'

'Ia siŵr. A rŵan dw i'n gorfod mynd yno i stripio be sy'no ac ailbapuro hefo'r un math o bapur – a hynny ar fy nghost fy hun.' Roedd Oli wedi cael y sac gan y Cyngor am yr eildro, a hynny am fod yn feddw hefo brws a phaent. Bellach, roedd o'n ôl yn paentio a phapuro ar ei liwt ei hun.

'Wel cofiwch fi at Musus Hughes pan gyrhaeddwch yno,' a phrysuro i ymadael.

'Daliwch arni am eiliad,' ebe Oli. 'Deud wrth far y 'Fleece', bora 'ma, pan o'n i'n talu am 'y mheint cynta, eich bod chi am ddechrau dangos ffilms tua'r Capal 'na?'

'Wel pan ga'i afal ar gyfrifiadur – un bach, laptop felly. A rywun fedar roi hand imi i weithio peth felly.'

''Sdim isio ichi chwilio gam ymhellach, nagoes?'

'Sut?'

'Jac 'te? Jac Black.'

'Be, ydi o'n giamstar ar gyfrifiaduron?'

'Giamstar, ddeutsoch chi? Dydi o'n 'i dynnu o a'i roi wrth 'i gilydd fel bydda hen wraig 'i fam o, stalwm, hefo injan bwytho.'

'Rioed?'

'Dim ond edrach ar y sgrin, a fedar Jac ddeud wrthach chi pa geffyl nillith yn Uttoxeter dair wsnos ymlaen llaw. Ddaw o â fo o dan 'i gesal i'r 'Fleece' bron bob nos.'

'Y laptop felly?'

'Dyna chi. Dim ond pres peint ac mi fydda'r hen Jac wrth 'i fodd yn rhoi hand ichi. Ar wahân i bicio i mewn i'r 'Fleece', now an dden, Capal ydi petha'r hen Jac.'

'Wel, mi alwa i heibio iddo fo, i weld sut ma'r gwynt yn chwythu ac i ga'l gwbod pa help fedar o gynnig imi.'

Gwthiodd Olifyr Parri y rholyn papur o dan ei fraich chwith ac ailgydio yng nghlust y tun paent. 'Fydd o'n eich canmol chithau, yn amlach na pheidio.'

'Dda gin i glywad.'

'Dibynnu, wrth gwrs, be fydd o wedi'i yfad.'

* * *

Ar ei ffordd i ben y Morfa Mawr hefo'i ast ddefaid, pwy ddaeth ar draws ei lwybr wrth droed y Grisiau Mawr ond Meri Morris, Llawr Dyrnu, yn rhannu llefrith i hwn ac arall ac yn ei rigowt arferol.

'Bora da, Meri Morris.'

'Ydach chi'n o dda, Mistyr Thomas? Mynd â'r hownd am dro dach chi?' a chyfeirio at yr ast.

'Wel ia.'

Arfer Gweinidog Capel y Cei, os oedd hi'n fore Sadwrn

gweddol ei dywydd, oedd mynd â'r ast ddefaid i gerdded y llethrau uwchben y môr. O ddisgyn i lawr y Grisiau Mawr, croesi'r Harbwr a cherdded gydag ysgwydd y Morfa Mawr gallai rowndio'n ôl i ben arall y dref a cherdded adref, linc-di-lonc, ar hyd ffordd gefn. Taith gerdded o ddwy filltir neu well.

'Chithau'n brysur, fel arfar, Meri Morris?'

'Gwaith sy 'na ar ryw bwt o ffarm o hyd.'

'Gyda llaw, diolch yn fawr ichi am eich caredigrwydd mawr yn agor y lle inni er budd y capal.'

'Sdim raid ichi'n tad. Ma' Dwalad 'di dechrau carthu dipyn o gwmpas y buarth 'cw'n barod.' Wedi trafod dipyn ar weithgareddau'r Capel, holi am hwn ac arall a golchi dipyn ar esgeuluswyr, paratôdd Meri i ymadael. 'Raid ichi faddau imi am 'i throi hi rŵan, Mistyr Thomas.'

'Ar bob cyfri.'

'Ne' mi fydd petha rhes tai Llanw'r Môr 'na wedi blino disgwyl am 'u llefrith. Jac Black a'r cwrcath pislyd hwnnw'n fwy na neb. Er na fydd yr un o'r ddau'n talu ffadan benni amdano fo wedi iddyn nhw'i ga'l o.'

'Dyna fo, peidiwch â gadal imi'ch dal chi, eiliad.'

Wedi cychwyn ymaith, trodd Meri yn ei hôl, â golwg digon pryderus arni. 'Mistyr Thomas, sôn am y dwrnod agorad, dwn i ddim fedrwch chi rhoi help bach imi?'

'Wel, os medra i.'

'Mi ddoth yr hen bethau iechyd a diogelwch rheini heibio 'cw echdoe, wedi dallt am y dwrnod, a deud y bydd rhaid inni ga'l lle i bobol fedru gneud dŵr.'

'Toilet felly?'

'Ia siŵr. Tu ôl i'r tŷ gwair bydd Dwalad yn mynd. A finnau, pan fydd hi'n binsh arna i. A dw i wedi holi amryw, am ryw gloset bach medra rywun 'i dynnu a'i roi o 'te.'

'Wel, dwn innau ddim lle i ddechrau chwilio chwaith. Dach chi wedi edrach ar y we?'

'Sgin i mo'r peth hwnnw.'

'Ond mi drycha i pan a'i adra.'

'Wel, sgin i ond diolch ichi,' ac ymlaen â hi ar ei rownd.

* * *

Unig ddrwg y daith, ganol haf, oedd y byddai'n rhaid i Eilir a'r ast, yn nes ymlaen, wthio drwy'r arwerthiant cist car a gynhelid ar odre'r Morfa Mawr ar foreau Sadwrn; rhesi ar resi o geir, eu cistiau'n geg-agored a'u perchnogion yn cynnig bargeinion. Byddai rhai o'r gwerthwyr yn dod â chadeiriau plygu i'w canlyn ac yn troi'r diwrnod hir yn bicnic. Y babel o sŵn, yn fwy na dim, a anesmwythai'r ast ddefaid; yr hwrjio diddiwedd a flinai'r Gweinidog.

'Isio prynu *old sermons* 'ti, Bos?' Serch yr hyrdi-gyrdi o gerddoriaeth a ruai ato o bob cyfeiriad nabododd Eilir y llais a'r cwestiwn a glywodd ganwaith o'r blaen.

'Sudach chi, Shamus?'

'Ma' Shamus yn iawn, cofia. O bod busnas fo'n giami, ia?' Roedd o yno, fel bob bore Sadwrn ganol haf, yn llewys ei grys, yr het felfared yn ôl ar ei war a'r wyneb lliw copr yn gawod o wên. 'Musus chdi'n iawn, Bos?'

'Y . . . ydi, diolch.'

'Wisgi 'di enw ci chdi, ia?'

'Brandi.'

'Odd Shamus yn gwbod bo chdi 'di galw ci chdi ar ôl lysh. 'Ti isio prynu rwbath, Bos?'

'Ddim yn arbennig, Shamus.' Bwrdd neu fyrddau trestl oedd gan bawb arall – rheol y Cyngor Tref, meddid – ond gwerthu allan o drwmbal fan enfawr roedd Mulligan. 'Ma' McLaverty Skidshine Floor Sealer Yncl Jo wedi dŵad i lawr yn 'i pris, cofia,' a chydio mewn tun.

'Synnu dim,' ebe'r Gweinidog, yn cofio fel y bu i ddau o flaenoriaid Capel y Cei, Meri Morris a John Wyn, sglefrio ffigwr wyth perffaith wedi i lawr y festri gael cotiad o hwnnw – a brifo cryn dipyn.

'Ma fo'n rial McCoy, 'sti.'

Gan fod Brandi'n anesmwytho ym mhen ei thennyn penderfynodd Eilir rwyfo ymlaen, 'Rhaid imi 'i throi hi rŵan, Shamus.'

'Hei, dal dy dŵr, Bos bach. Gin Shamus isio helpu Capal chdi.'

'O?'

'Dallt bod dynas llefrith yn mynd i ca'l *knees-up* yn cae,' a chyfeirio at Meri Morris a'r diwrnod agored. 'I hel pres at Capal chdi, ia?'

'Ia, rwbath fel'na ydi'r bwriad.'

'Ond bod nhw heb lle i pobol gneud nymbyr tŵ?'

Penderfynodd Eilir na fyddai waeth iddo uno yn ysbryd y sgwrs ddim, 'Na nymbyr wan o ran hynny.'

'Ma' gin Shamus y feri peth iti, cofia.' Gwthiodd y tincer law oeliog i boced gefn ei drowus a ffureta am ddarn o bapur. 'Isio chdi cymyd stag ar hwn, Bos.'

Ar y darn papur, oedd yn boster seis tudalen A5 o'i agor allan, roedd yna hysbyseb i'r Jo McLaverty's Self-flushing Urinal a'r wybodaeth werthfawr *'essential for all outdoor events.'* Ar gefn y dudalen roedd llun yr iwreinal a'r geiriau, 'Imported from Bangladesh'. ''Ti'n lecio fo, Bos?'

Penderfynodd y Gweinidog ymestyn peth ar y sgwrs rhag swnio'n rhy awyddus a thalu'r pris uchaf, 'Seidlein arall gin Yncl Jo?'

'Ma' fo'n gorfod talu *parental* arall, cofia.'

'Ond tro dwytha roeddan ni'n sgwrsio, roedd y profion fforensig, medda chi, wedi deud yn wahanol.'

''Ti'n ca'l *miscue*, Bos bach. Dim yr un dynas, ia?'

'Bobol mawr!' a rhyfeddu at y fath anfoesoldeb.

'Aeth fo i Bantry Bay, ia, am Gwely a Brecwast,' a chododd Mulligan ei ysgwyddau fel pe'n awgrymu mai ofer fyddai iddo drafferthu adrodd gweddill y stori.

'A be ydi oed y dyn?'

'Yncl Jo, fi?'

'Ia.'

'Bydd o'n *ninety* tro nesa, cofia.'

'Wel does yna ddim tabledi ne rwbath yn bosibl?' holodd y Gweinidog, yn cydio mewn gwelltyn ac yn ofni i'r hen ŵr benderfynu mynd am Wely a Brecwast arall.

'Dyna odd drwg, Bos.'

'O?'

'Cafodd o tablets cyn bo fo'n mynd ar holides. Ond gneuthon nhw gneud Yncl Jo yn gwaeth yn lle yn gwell.' Am eiliad, anghofiodd Shamus saga Yncl Jo a throi'n ôl i fod yn ddyn busnes, 'Ti am heirio fo, Bos?'

''Taswn i'n sicr 'i fod o'n gweithio.'

'Ma fo'n *easy,* cofia. Dim ond iti ista ar dy pen-ôl, ia? A phan ti ffinish, ma' fo'n fflysio heb i ti pwyso bytwm na gneud dim byd.'

'Bobol!'

'A ma' gynno fo drws ffrynt a drws cefn, sti. 'Ti'n mynd i mewn i pi-pi trwy drws ffrynt, ia? Wedi ti pi-pi ti'n mynd allan drwy drws cefn. Handi, ia?'

'Wel.'

'A cei di i benthyg o i Capal chdi jyst am symthing.'

Wedi'i ddal mewn deufor-gyfarfod, ac yn awyddus i ollwng Meri o'i gwewyr, doedd gan Eilir fawr o ddewis ond syrthio am y Self-flushing ar yr amod fod y cwt yn ei le erbyn y diwrnod agored.

'Garantîd iti, Bos. Geith 'ogia Shamus – 'ogia da, ia – gnân nhw gosod o ar ganol cae ichdi. A gnân nhw carthu wedyn pan fydd pawb 'di darfod.'

Wedi cyrraedd gwaelodion y Morfa Mawr anghofiodd Brandi bob caethiwed a fu. Y bore hwnnw roedd yna fwy o gwningod dychmygol ar y Morfa nag a fu erioed o'r blaen a rheini'n rhedeg yn gyflymach. Prysurodd yntau yn ei flaen i gael ffonio Meri Morris a rhannu'r newyddion da hefo hi.

* * *

Ymhell cyn iddo ddod i olwg Llanw'r Môr fe wyddai'r Gweinidog, i sicrwydd, fod Jac Black gartref. Fel y gwyddai gweddill trigolion y rhes dai, o ran hynny, gan mor uchel oedd y sylwebaeth a godai o'r tŷ hwnnw. Wrth glywed brwdfrydedd y sylwebydd yn esgyn yn orfoledd tybiodd Eilir, naill ai fod dau baffiwr yn waldio'i gilydd i ddiddymdra neu fod yna gar yn Monti Carlo wedi mynd ar dân.

Penderfynodd gamu'n ofalus i lawr y grisiau anwastad a ddisgynnai i'r hances boced o lawr concrid a alwai Jac yn ardd gefn. Fyddai drws cefn Jac byth ar glo. Baglodd ei ffordd rhwng y rhwydi pysgota a'r cewyll cimychiaid ac agor cil y drws. Roedd y sŵn yn fyddarol.

'*. . . It's Gazzell in the lead, followed by Barrell Organ, Timid, Flippin' Heck, Lingering Kiss, Hush Puppy and African Grey. And Barrel Organ is now in front, follwed by Hush Puppy, Lingering Kiss and Flippin' Heck . . .*'

'Ydach chi i mewn Jac?'

'*. . . And as they come out of the bend, and head towards the finishing line, it's Lingering Kiss, well in front, followed by Hush Puppy, with Flippin' Heck, African Grey and Barrell Organ in hot pursuit. . . .*'

'Jac!' bloeddiodd.

'*And as they approach the . . .*', ac aeth y sylwebydd, pwy bynnag oedd hwnnw, yn gwbl fud.

Cododd Jac ei ben o sgrin y cyfrifiadur a oedd ar ei lin, 'Diawl, chi sy 'na?'

'Ddrwg gin i'ch styrbio chi, Jac.'

'Peidiwch â phoeni dim,' ebe hwnnw, yn anarferol dringar. 'Doedd y ceffyl ro'n i wedi rhoi 'nghyflog wsnos ar 'i gefn o wedi hen fynd ar 'i bengliniau. Fel bydda innau'n trio mynd,' a rhagrithio, 'bob hwyr a bora. Steddwch.'

Oherwydd hir glywed y gair 'steddwch', a olygai y dylai godi, disgynnodd y cwrcath crincoch o'r gadair ac eistedd ar ei golyn i chweina wrth y ffendar.

'Diolch ichi, Jac.'

‘’Rhen Gringoch yn ddigon glân.’

‘Ydi, yn ddiamau,’ ac eistedd.

‘Bod o’n bwrw’i flew yn gythral adag yma o’r flwyddyn. At be dach chi’n hel?’

‘Dŵad yma i ofyn cymwynas ydw i.’

‘O!’

‘Digwydd taro ar Olifyr Parri, ’nes i. Ar ’i ffordd i Fron Dirion i ail-bapuro.’

‘Wn i. ’Rhen Oli druan,’ ac aeth Jac yn ddagreuol bron. ‘Dydi bywyd yn annheg hefo fo?’

‘Be dach chi’n feddwl?’

‘Ddeuda i wrthach chi, er nag oes gin i ddim gormod o amsar. Tasa fo ’di mynd yno heb yfad dim fasa’r papur ddim yn sticio.’

‘Tewch chithau.’

‘Na fasa. Ond am iddo fo yfad y tropyn lleia’n ormod, mi roth yr hen Oli’r Cwîn ar y wal â’i thin i fyny. Nabod be sy’n ddigon, a ddim yn ormod, di problem ’rhen Oli. Os medrwch chi ddallt be sgin i.’

Dim ond wedi torri baich o gnau gweigion tebyg y llwyddodd Eilir i gael ei faen i’r wal. Eglurodd fel roedd y Blaenoriaid, ac yntau, wedi penderfynu taflu ychydig o luniau ar sgrin, yn arbennig felly yn ystod y bregeth. Yn annisgwyl, cynhesodd Jac at y syniad, ‘Mi wyddoch ma’ fy arfar i ydi picio allan fel ma’r bregath yn dechra.’

‘Gwn,’ a ddim yn hoffi’r arfer yn arbennig.

‘Fel gofalwr y lle, ofn bydda i ryw dyrfa fawr gyrraedd erbyn y bregath, ylwch. A thrio gwthio i mewn.’ Yna ychwanegodd, wedi saib, ‘Erbyn meddwl, welis i neb rioed yn cyrraedd chwaith. Dim ond ’rhen Camelia Peters stalwm. Ond heb gofio troi’r awr oedd yr hen garpan honno.’

Wedi deall mai cais y Gweinidog oedd iddo weithio’r cyfrifiadur – heb roi ar ddeall iddo mai am nad oedd neb arall ar gael roedd hynny – aeth Jac yn frwd dros y syniad. Ond gan ei fod ar fymryn o frys i ddychwelyd i’r ’Fleece’ am ei ‘de pnawn', chwedl yntau, bu'n rhaid brysio gweddill y trefniadau. Roedd Eilir i drosglwyddo'r gliniadur newydd i ofal Jac – unwaith y byddai'r peiriant wedi'i brynu – ac yna anfon y deunydd ar gyfer yr oedfa iddo ar y we.

'Gyda llaw, be'n union ydi'ch e-bost chi, Jac? Cofn na dydi o ddim gin i.'

''Ddeuda i wrthach chi, dim ond imi fedru'i gofio fo. Y . . . *blackjack,* un gair 'te?'

'Ia?' a dechrau sgwennu'r cyfeiriad ar ddarn o bapur.

'Llun malwan wedyn.'

'Sut? O ia, wn i.'

'Y . . . *bambw-dotco-dotiwcê.*'

'Dyna ni.'

'Fydda i'n falch gythril o ga'l helpu'r Capal,' meddai Jac pan oedd y Gweinidog yn bustachu'i ffordd dros y rhwydi pysgota ac ar gyrraedd y ddôr gefn. 'Gin i feddwl mawr o'r Achos,' ac roedd hynny'n gelwydd, 'Fel hen wraig 'y Mam o 'mlaen i. Odd Mam, 'rhen dlawd, yn byw i'r Capal.'

'Oedd hi?' gofynnodd y Gweinidog, o'r llidiart, wedi clywed cymaint o straeon a awgrymai'n wahanol.

'Oedd yn tad. Wel unwaith pasiodd hi'r oed peryg hwnnw.'

'Sgin i ond diolch ichi, Jac.'

'Sdim rhaid ichi. 'Na innau'ch cofio chithau at bawb wela i yn y 'Fleece'.'

* * *

Rhannol lwyddiannus fu'r dydd agored yn Llawr Dyrnu. Dyna farn Porth yr Aur *Advertiser,* yn ddiweddarach, gan gyfeirio, yn anffodus, at farn y curad chwedlonol hwnnw am ei wy. Gan ei bod hi'n bnawn mwll, serch y dilyw a gafwyd ben bore, penderfynodd Ceinwen ac Eilir gerdded yno, er mwyn eu hiechyd yn fwy na dim arall. Wrth iddyn nhw ddringo i fyny'r allt roedd yna fand Cymraeg o'r saithdegau'n bloeddio canmol ''Rhen ffordd Gymreig o fyw'.

Ond pan ddaeth hi'n amser i Meri arddangos yr hen ffordd

Gymreig o odro daeth Cecil i'r cylch; Meri wedi'i berswadio i arwain y gweithgareddau. Cerddai o gwmpas y cae soeglyd, yn gwbl anghynefin â byd amaeth, yn gwisgo dyngarîs glas a welingtons sawl lliw a rheini'n suddo at eu topiau yn y llaid.

'Dowch yn nes, *ladies and gentlemen,* a rhowch groeso brwd, *warm wlecome*, i fuwch ddu Gymraeg.'

'Diawl, be ma'r gwarthaig erill yn siarad 'ta?' holodd ryw ffarmwr a safai gerllaw.

'Ma' hon, '*ladies and gentlemen,*' meddai Cecil wedyn, yn edrych ar ddarn o bapur, 'wedi bod *in-calf many times.*'

Ond pwy gerddodd o'r buarth i'r borfa a llathen o linyn beindar rownd ei chanol ond Meri, yn llusgo pwced a stôl odro i'w chanlyn.

'Dim ond unwaith dw i yn cofio Meri 'ma'n gyflo,' meddai'r digrifwr wedyn.

Yna, heb unrhyw gyflwyniad, daeth y fuwch aml-loeau, y cyfeiriodd Cecil ati, i'r golwg. Yn ôl y sôn, ystyriai'r fuwch ei hun yn fwy fel chwaer i Meri na buwch. Rowliodd yn llafurus, foliog o'r buarth i'r cae, yn wynegon byw, a chlosio at ochr Meri yn barod i'r gwaith. I blesio Meri bron na lwyddodd hi i droi'i thethi i gyfeiriad y bwced.

'Prun o'r ddwy ydi'r hyna, deudwch?' holodd y ffarmwr. Prin fu'r chwerthin. Roedd y digrifwch yn prysur deneuo ac ar droi'n ddiflastod.

Wedi i Meri ddweud gair, digon diddorol, am yr hen ffordd o odro aeth yn syth at y gwaith. Dechreuodd lygio yn y tethi er bod y rheini mor denau a hirion â hoelion wyth. Ond faint bynnag a dynnai Meri yn y tethi lastig doedd dim llond gwniadur o lefrith yn disgyn i'r bwced, a hynny'n achlysurol iawn.

Fel diweddglo i'w pherfformiad aeth Meri ati i ganu, fel y gwnâi gwragedd a morynion ffermydd slawer dydd ar y dybiaeth fod y gwartheg, o'r herwydd, yn ildio mwy o laeth. Ond o glywed y canu cau'r tapiau'n chwap ddaru'r fuwch ddu – llais hoelen ar sinc oedd un Meri Morris wedi'r cwbl.

'Myfi sy'n fachgen ieuanc ffôl, yn byw yn ôl fy ffansi . . .'

Roedd gwylio Dwalad yn chwalu tail gyda fforc yn llai diddorol ond yn fwy peryglus. Dyn ychydig eiriau oedd Dwalad, yn byw i ffarmio a heb unrhyw ddiddordeb mewn dim arall. Yn niffyg tail hen ffasiwn roedd o, chwarae teg, wedi gollwng tociau o slyri yma ac acw ar y borfa. Cyn i Cecil ddarfod ei gyflwyniad ymdaflodd Dwalad i'r gwaith. Aeth amryw a oedd wedi sefyll yn rhy agos o dan gawod o slyri, yn cynnwys John Wyn a gafodd drymach cawod na neb arall.

O sefyll ar gwr y dyrfa, sylwodd y Gweinidog a'i wraig ar y ciw hir tu allan i'r Jo McLaverty's Self-flushing Urinal. Roedd pawb i bob golwg mewn ysbryd da; amryw yn sgwrsio'n frwd a rhai'n chwerthin yn uchel.

'Gest ti syniad da, Eil.'

'Be?'

'Wel, ordro'r cwt 'na 'te. Dw i am fynd iddo fo.'

'A finnau, pan fydd yna lai o giw.'

A dyna'r foment y taflodd y ddau gip i gyfeiriad drws cefn y tŷ bach. Y peth annisgwyl oedd bod y rhai a ddeuai allan drwy'r drws hwnnw yn cario'u dilladau isaf i'w canlyn – trôns neu flwmar ac ambell i fest.

'Ydi'r cwt 'na'n londrét ne rwbath?' holodd y Gweinidog.

'Go brin,' atebodd ei wraig. 'Er, cofia, hefo dyfeisiadau'r McLavotry ma' rwbath yn bosib.'

'McLaverty.'

'Ia, hwnnw.'

Wedi symud gam yn nes, i fedru gweld yn well,

sylweddololodd y ddau fod yr ysbryd wrth y drws cefn yn dra gwahanol; dynion a merched yn codymu o'r cwt fesul un ac un, yn protestio'n ffyrnig ac un neu ddau'n hawlio'r tâl mynediad yn ôl. Roedd eraill yn rhedeg am eu ceir, neu'n brysio'n ôl am Borth yr Aur, â dilladau gwlybion o dan eu ceseiliau.

Gan Daisy Derlwyn Hughes pan oedd hi'n prysuro am y tŷ â'i 'brîffs', chwedl hithau, dros ei braich y caed yr eglurhad. Yn ôl Daisy, cyn gynted ag y codai rhywun o'i eistedd roedd y Jo McLaverty's Urinal, oherwydd ryw ddiffyg, yn fflysio'r dŵr at i fyny yn hytrach nag at i lawr a hynny gyda grym piben ddŵr wedi byrstio.

Wedi i Daisy eu gadael trodd Eilir at ei wraig a gofyn, 'Wyt i, Cein, isio . . m . . . pasio dŵr?'

'Oes. Ond mi ddalia'i nes cyrraedd adra.'

'A finnau.'

* * *

Pan gyrhaeddodd Eilir a'i wraig at Gapel y Cei fore Sul y taflunio roedd hi'n amlwg y byddai yno fwy o gynulleidfa nag arfer. Fel bob bore Sul, roedd John Wyn, yr Ysgrifennydd, yn pawennu'i ffordd yn ôl a blaen ar hyd y darn tarmac a arweiniai at y capel yn disgwyl am y Gweinidog. Syllai i'r pellter, â'i law dros ei aeliau, fel H. M. Stanley yn chwilio am Livingstone.

Wedi iddo'i weld yr un oedd ei gyfarchaid â phob amser, 'Lle dach chi wedi bod?'

'Ond hannar awr wedi naw ydi hi, John Wyn.'

'Ma' hi yn hannar awr wedi naw tydi?' a thaflu cip ar ei wats. 'Wel, wedi troi hannar awr wedi naw, o ran hynny.'

Penderfynodd Eilir achub y blaen arno a lladrata'i sylw arferol, 'Dach chi'n ofni bod 'na ddiwygiad wedi torri allan yma?'

'Nagdw!' oedd yr ateb siarp, 'ne mi fydda yna lawar llai yma. A rhai gwahanol. Ond dowch i mewn, bendith tad ichi, dydi'r peth Black 'na yn lluchio lluniau ar y waliau ym mhob man ac yn dallu pawb.'

Pan aeth Eilir i mewn i'r capel roedd Jac yn sefyll wrth fwrdd go uchel ynghanol yr adeilad â'r cyfarpar i gyd o'i flaen. Ond yr hyn oedd yn od i'r Gweinidog oedd bod pen pob un yn y gynulleidfa yn gorffwys ar ei ysgwydd chwith. Am eiliad, aeth i ofni bod rhyw bla o'r canol oesoedd wedi taro'r lle. Yna, sylweddolodd beth oedd y broblem. Yn unol â'r trefniant, roedd o wedi anfon y cyhoeddiadau am yr wythnos i Jac ymlaen llaw er mwyn iddo'u taflu ar y sgrin cyn dechrau'r gwasanaeth ac, felly, arbed amser. Ond roedd Jac wedi gosod y cyhoeddiadau hynny ar eu hochrau. Wedi i Eilir roi gair yn ei glust fe gywirodd bethau, eu troi â'u pennau i lawr i ddechrau ac yna â'u pennau i fyny yn nes ymlaen. Aeth y Gweinidog i amau broliant Oli Paent; hwyrach fod Gwen Black, wedi'r cwbl, yn fwy cyfarwydd ag injan bwytho nag oedd Jac â chyfrifiaduron.

Fel y rhedai'r oedfa yn ei blaen âi mwy a mwy o bethau o chwith. Er enghraifft, y dewis o gerddoriaeth i gysgodi'r casgliad oedd yr hen emyn-dôn 'Clywch Geiniogau'n Disgyn' ond beth ddaeth allan o grombil y cyfrifiadur ond 'Money Money Money' nes bod y dynion yn plymio i'w pocedi a'r merched yn tyrchu'n wyllt i'w bagiau llaw.

Yn ystod y bregeth, roedd y Gweinidog yn awyddus i gyfeirio at y Santes Theresa o Lugano a lwyddodd, meddid, i droi gwin yn ddŵr. Roedd yna lun hyfryd ohoni ar gael ac fe e-bostiodd y Gweinidog hwnnw i Jac er mwyn iddo'i daflu ar y sgrin pan edrychai i'w gyfeiriad. Ond wedi i Eilir roi nod, beth a ymddangosodd ond llun powld o'r Carmen honno, ar fin y pwll nofio hwnnw yn Puerto de Suenos ac i bob golwg yn prysur droi dŵr yn win. O gofio cysylltiad Jac â hi daeth cryn chwibanu a churo dwylo o un rhan o'r adeilad, lle'r eisteddai rhai o fynychwyr y 'Fleece'. Bu hynny'n ddigon am iechyd y bregeth.

O fethu â chael côr ieuenctid ynghyd i roi datganiad i gloi'r oedfa, llwyddodd Eilir i berswadio Ifan Jones i hel côr o bensiynwyr at ei gilydd – amryw wedi hen fynd ar eu sodlau, mae'n wir. Pan ymgasglodd y côr yn y sêt fawr roedd pawb, i gydweddu, wedi gwisgo du trwm ac yn edrych yn ddigon hardd yn y cylch golau a godwyd o'u hamgylch. Cydweddu'r gerddoriaeth a aeth o chwith. Dewis Ifan oedd hen emyn a gofiai o ddyddiau'r 'capel bach' – 'I Mewn i'r Tŷ yr Awn'. Ond y gerddoriaeth a ddaeth allan o'r peiriant oedd 'I mewn i'r Arch â Nhw'. Y tro yma, torrodd awyrgylch noson lawen dros y lle. Ond roedd Ifan, er yn fyddar i'r gerddoriaeth, yn fyw iawn i'r geiriau oedd ar ei feddwl. Ni allai'r Gweinidog lai na gwenu – er iddo ymdrechu i beidio – wrth glywed Ifan, yn ei dremolo arferol, yn bloeddio canu, gyda'r côr fel y tybiai:

Yn ifanc lu, yn dyrfaoedd mawr,
I mewn i'r Tŷ yr awn;
Yn un a dau ac yn bedwar a phump,
I mewn i'r Tŷ yr awn . . .

Ond roedd y côr yn chwalu o dan ei ddwylo. Yna, dechreuodd y gynulleidfa ymuno a chanu'r geiriau a oedd ar y sgrin:

Yr eliffant mawr a'r cangarŵ,
I mewn i'r arch â nhw;
Ni welsoch chi rioed y fath halibalŵ
I mewn i'r arch â nhw . . .

Ond hwyrach mai'r hyn a glwyfodd y Gweinidog fwy na dim y bore Sul hwnnw oedd canmoliaeth y gynulleidfa wrth i bawb lifo allan o'r oedfa; pawb yn ei holi, nid pryd y byddai'r addoliad nesaf, ond pryd y byddai hi'n bictiwrs eto yng Nghapel y Cei.

* * *

Bu Eilir yn disgwyl gryn chwarter awr o dan fargod y Lingerie Womenswear am Meri Morris. Roedd y ddau wedi cael gwŷs oddi wrth ffyrm *James James, James John James a'i Fab*,

Cyfreithwyr i gyfarfod y John James oedd yn dal yn fyw. Penderfynodd y ddau mai cyd-deithio a fyddai orau. Pan oedd Eilir ar roi i fyny'r ysbryd, a mynd yno'n annibynnol ac ar ei draed, clywodd wich hir a daeth *Daihatsu* hynafol Llawr Dyrnu i stop gyferbyn â'r siop ddillad.

'Gin i ofn, Mistryr Thomas bach, bydd raid ichi fynd i'r trwmbal,' gofidiodd Meri, wedi iddi lwyddo i ostwng ffenest ochr y gyrrwr.

'Wir?' holodd y Gweinidog, yn anhapus wrth feddwl am y syniad.

'Ma' gin i gi defaid yn ffrynt 'ma, wedi bod yn ca'l pigiad at sgothi. Fedra i mo'i fentro fo yn y cefn. Cofn iddo fo ddigwydd gweld cath, ylwch, a neidio allan.'

O ddeall hyn, roedd Eilir yn cicio'i hun iddo lithro i'r trefniant o gwbl. I ddechrau, doedd dringo i fyny i'r trwmbal ddim yn hawdd; cafodd un goes drosodd yn weddol rwydd ond yn ei fyw ni allai godi'r llall. Daeth Meri allan o'r cab, yn y gôt odro felen, y cap gweu a phâr o welingtons a oedd yn dail i gyd, a rhoi hergwd iddo i mewn i'r trwmbal, a hynny er mawr ddifyrrwch i rai a gerddai'r stryd. Wedyn, teimlai'i hun yn dipyn o ffŵl yn teithio drwy'r Stryd Fawr yn eistedd ar grêt lefrith ac yn codi'i law ar hwn ac arall fel petai o'n aelod o'r teulu brenhinol.

Wedi parcio o fewn hanner canllath i swyddfa'r Cyfreithiwr, cafodd Meri gryn drafferth i gael y *Daihatsu* i ddiffodd er iddi droi'r allwedd i'r pen. Roedd yr injan yn mynnu cnocio troi; yn arafu hyd at ddiffodd ac yna'n ailgydio ynddi wedyn. Ond, wedi munud neu ddau o disian, rhoddodd y peiriant un pesychiad terfynol, marw, a gadael cwmwl o fwg o'i ôl.

Roedd gan Eilir lai o amcan fyth sut i ddisgyn o'r trwmbal. Unwaith eto, daeth Meri allan o'r cab ac i'r adwy. Cydiodd ag un llaw ym mhen-ôl trowsus y Gweinidog, ac yng ngholer ei grysbais â'r llaw arall a'i godi'n glir dros ymyl y trwmbal, ei droi drosodd unwaith a'i sodro ar y palmant. Aeth rhai a safai ar y pafin gyferbyn ati i guro dwylo.

'Sgynnoch chi, Meri Morris, ryw syniad pam mae o isio'n gweld ni?' holodd Eilir i guddio'i embaras.

'Ddim obadeia, Mistyr Thomas bach,' a chydio mewn potel lefrith hufen llawn, un blastig, a'i gwthio i boced y gôt odro. 'Dw' i am fynd â hon yn bresant i'r ddau, at 'u te pnawn. Hwyrach y cawn ni fynd o' ma'n gynt wedyn.'

Ond cafodd Meri a'r Gweinidog fynediad cynt nag arfer. Pan oedd y ddau ond newydd gamu dros y rhiniog, ac Eilir ar chwilio am y gloch yr arferai'i chanu, torrodd llais crynedig Miss Hilda Phillips ar eu clyw. 'Bore da y Parchedig Eilir Thomas a Musus Meri Morris, Llawr Dyrnu,' a chafodd Meri gryn fraw o glywed llais a heb weld neb. 'Y mae Mistyr John James, o ffyrm *James James, James John James a'i Fab, Cyfreithwyr* yn dymuno eich gweled yn ei swyddfa – er mai prysur eithriadol ydyw.'

Cododd y Gweinidog ei olygon a gweld fod yna, bellach, gamera bychan yn hongian o nenfwd y cyntedd a hwnnw, mae'n debyg, yn medru gwrando'n ogystal.

'Mi roth y jadan 'na fraw imi,' ebe Meri. 'Dw i flys garw mynd â'r llefrith 'ma adra hefo mi. Hynny ydi, os nag ydi o wedi dechrau suro.' Rhoddodd Eilir ei fys ar ei wefus ond roedd Meri'n fyddar i rybudd o'r fath. 'Does gynni hi lais, Mistyr Thomas bach, fel brân wedi dal annwyd?'

Wedi camu i mewn i'r swyddfa cafodd y ddau gryn sioc. Eisteddai'r Cyfreithiwr wrth y ddesg fahogani, yn ei bin-streip arferol, ond safai Hilda, mewn blows wen a sgert dywyll, wrth leiniad o ddillad a hongiai o bared i bared – tronsiau, festiau a blwmars yn bennaf – gyda label wedi'i binio i bob un.

'Bobol, John James,' meddai Meri Morris yn annoeth braidd, 'ydi hi mor ddrwg arnoch chi fel eich bod chi wedi dechrau cymryd golchi i mewn?'

'Os byddwch chi, Musus Meri Morris, mor garedig ag ymdawelu am ychydig funudau. A diolch ichi.' Yna, rhoddodd John James ei holl sylw i'w Ysgrifenyddes a ddarllenai'r labeli iddo. 'Rhif pedwardeg, os gwelwch chi'n dda, Miss Philips?'

'Diolch Mistyr John James.'

'Diolch Miss Phillips.

'Trôns llaes, o wlân Cymreig, yn eiddo i Mistyr John Black, rhif dau, Llanw'r Môr.'

'Welis i rioed drôns ar y lein yno,' ymyrrodd Meri, yn ceisio bod o gymorth. 'Ond dw i wedi'i weld o'n dinoeth sawl tro – yn anffodus.'

Anwybyddodd John James y wybodaeth. 'A'r eitem olaf, Miss Phillips . . . y . . . dilledyn ffriliog 'na . . . m . . . tywyll ei liw, ar y chwith ichi.'

'Hwn, Mistyr James?'

'Dyna ni.'

'Nicyr, cotwm pur, yn eiddo i Musus Daisy Derlwyn Hughes Y Fron Dirion.'

'Diolch Miss Phillips.'

'Diolch Mistyr John James,' a rhwyfodd Hilda am y drws, wedi rhoi nod i gyfeiriad y Gweinidog a thaflu cuwch at Meri, â'i cherddediad i'w weld mor ddrwg ag erioed.

'Dyna ni, eisteddwch eich dau,' ebe'r Cyfreithiwr yn groesawus ddigon.

'Wedi dŵad â pheint o lefrith ichi'ch dau,' meddai Meri, cyn llawn eistedd. 'Mi neith ichi at eich te pnawn.'

'Mi rydach chi'n garedig ryfeddol Musus Morris, yn garedig ryfeddol,' ond ddim yn llwyr gredu hynny. Ac wrth y Gweinidog, 'Sut mae Musus Thomas gynnoch chi'r dyddiau hyn?'

Trawyd hwnnw â syndod, 'Ond ddaru chi'ch dau ddim taro ar eich gilydd, neithiwr, wrth y pympiau petrol?'

'Cofiwch fi ati, run modd, yn gynnas ryfeddol. Yn gynnas ryfeddol.'

Mân siarad oedd arfer John James ar ddechrau cyfweliad a mynd am y bibell wynt yn nes ymlaen. 'A sut mae Mistyr Cadwaladr Morris?' a rhoi'i enw ar Adroddiad y Capel i Dwalad – er na fyddai hwnnw byth yn tywyllu'r lle.

'Carthu roedd o pan o'n i'n cychwyn.'

'Ewch â fy nymuniadau da iddo yntau, yn ogystal,' a newid y pwnc wrth ffroeni mymryn ar yr awyr.

'Thenciw,' meddai Meri.

Wedi gwastraffu ychydig mwy o amser yn oelio'i gwsmeriaid aeth John James at y pluo. 'Mi rydw i wedi'ch galw chi yma,' eglurodd, yn hymian siarad, 'ac yn falch ryfeddol o fedru'ch croesawu chi, fel bob amsar, imi fedru cyflwyno bil ichi.'

'Bil?' meddai Meri, yn cydio yn y botel lefrith oddi ar y ddesg. 'Bil?' a gwthiodd Meri y botel blastig yn ôl i boced y gôt odro.

'Hwyrach y ca'i egluro, yn gyntaf, Musus Meri Morris?' apeliodd John James ond yn gwbl hamddenol. 'Mi gawn ni'r gwrthdystiadau yn nes ymlaen – hynny ydi, os bydd rhai.'

Ar gostau'r ddau ymwelydd cymrodd John James amser hir i egluro pwy oedd piau pob dilledyn, a beth oedd deunydd a gwerth y dilladau hynny ac fel roedd pob un o'r perchenogion wedi defnyddio'r Jo McLaverty's Self-flushing Urinal ar y dydd agored yn Llawr Dyrnu.

'Ma' nhw'n edrach i mi ddim pin gwaeth na newydd,' mentrodd Meri, i geisio osgoi bil. 'Yn well, wir, na be sgin i am 'mhen-ôl bora 'ma.'

'Anodd fydda hi i mi brofi peth felly,' atebodd y Cyfreithiwr, 'heb brofion fforensig, wrth gwrs. Ond costus fyddai peth felly.'

Yna, yn hytrach na cheisio egluro ymhellach mewn geiriau, agorodd John James ddrôr y ddesg a thynnu allan, yn ofalus ryfeddol, ddarn o glwt. Cydiodd ynddo, ei wasgu'n ysgafn yn ei ddwrn ac aeth y peth yn llwch. 'Fe ymddengys, ffrindiau, fod yna ryw gemegyn yn nŵr yr iwreinal oedd yn breuo pob dilledyn.' Taflodd gip i gyfeiriad y lein ddillad a dangos â'i law wen fel roedd yno, o graffu, sawl trôns a blwmar heb goesau ac ambell fest heb gefn.

Wedi'i yrru i gongl aeth Eilir ati i ymliw ar ran y ddau ohonyn nhw. Roedd hi'n wir mai fo, yn anffodus, oedd wedi archebu'r peth ond ar gais Meri Morris y gwnaeth o hynny a chyda lles y Capel mewn golwg.

'Os ca'i ddweud, Mistyr Thomas, a maddeuwch imi am fentro i'ch maes arbenigol chi, ond mae'r ffordd i'r nefoedd, medda nhw, wedi'i phalmantu â bwriadau da. Ond dydi bwriadau da ynddynt eu hunain, yn anffodus, ddim yn ddigonol i wyrdroi cyfraith a threfn.'

O synhwyro'r diffyg cydymdeimlad ceisiodd y Gweinidog luchoi'r bai ymhellach. Wedi'r cwbl, cynnyrch Bangladesh oedd yr iwreinal. Os hynny, onid y ffyrm honno a ddylai dalu? Ac ar ben hynny, Jo McLaverty o Ballinaboy oedd y cyfanwerthwr a Shamus Mulligan, ei nai, yn asiant iddo.

'Dipyn ymhell ydi Bangladesh, Mistyr Thomas, inni fedru hawlio ad-daliad,' awgrymodd y Cyfreithiwr. 'Wel, a Ballinaboy o ran hynny. A chyda gwerth y taca, a'r iwro hefyd, mor ansefydlog go brin y byddem ni ar ein hennill.'

Yna, arweiniodd John James lygaid Meri a'r Gweinidog at domen, fwy nag erioed o'r blaen, o filiau heb eu cyfarfod a oedd yn araf felynu ar sil y ffenestr. 'Ac er bod Mistyr Shamus Mulligan yn dad yng nghyfraith i mi, yn anffodus,' a gollwng ochenaid ddofn, 'araf iawn iawn ydi o'n clirio'i ddyledion, fel y gwelwch chi. Na, gyfeillion, ma' gin i ofn mai un pengoll fyddai'r llwybr hwnnw hefyd, o'i ddilyn, ac un costus ryfeddol i'w gerdded, costus ryfeddol.'

Cododd John James o'i gadair ledr yn arwydd ei bod hi'n bryd i'r ddau arall wneud yr un peth. 'Mae o'n loes calon imi ddeud,' er mai'r gwrthwyneb oedd y gwir, 'mai arnoch chi'ch dau mae'r baich yn mynd i ddisgyn.' Edrychodd i fyw llygaid y Gweinidog, 'A cholli mwy o aelodau nag erioed a fyddai'n digwydd, Mistyr Thomas bach, oni bai fod rhai o'n haelodau ni yn cael dillad isa cynnes cyn daw'r gaeaf.' A gwthiodd John James glamp o fil i law ei Weinidog, 'Ond mi fydd yn ysgafnach dipyn o'i rannu rhwng dau.'

Pwysodd fotwn yr intyrcom, 'Miss Hilda Phillips.'
'Ia, Mistyr John James?'
'Os dowch i hel y dillad.'
'Â chroeso, Mistyr James.'
'Diolch, Miss Phillips.'
'Diolch ichi, Mistyr John James.'

Gan fod ganddo gymaint ar ei feddwl, ac i ochel reidio ar grêt lefrith am yr eildro, penderfynodd y Gweinidog gerdded adref. I osgoi i Meri Morris orfod gwerthu buwch odro, gan faint y ddyled, addawodd iddi, cyn ffarwelio, y byddai'n ysgwyddo'r bil yn llawn ac roedd Meri'n fwy na diolchgar o glywed hynny.

Wrth gerdded adref câi amser i feddwl am ei amddiffyniad pan glywai Ceinwen am ei ddormach. Ond wrth ddringo'r Grisiau Mawr mynnai rhybuddion Ceinwen ddychwelyd i'w feddwl: peidio â bod yn fyrbwyll, cyfri i ddeg, bod yn hogyn da, peidio ag ymhél â Jac Black a pheidio â phrynu dim arall oddi ar law Shamus Mulligan. Ond, yn anffodus, roedd pob un o'r pum gorchymyn wedi'u torri.

Erbyn amser gwely roedd yr achos drosodd. Wrth yfed paned a chyn i'r ddau fynd i glwydo y caed y ddedfryd.
'Eil.'
'Ia?
''Ti ddim yn meddwl 'i bod hi'n bryd iti ymddeol?
'Ymddeol? Pam?'
'Cyn i bethau fynd yn waeth 'te.'
'O?'
'Ac i ninnau fynd yn dlotach.'
'Wel, bosib.' Roedd y syniad o ymddeoliad wedi bod yn ffrwtian yn ei feddwl ers tro byd.

Rhuthrodd Ceinwen i droi ateb amhendant yn gadarnhad pur, 'Wel ardderchog.'
'Ar un amod 'te, Cein?'
'Ia?'
'Y ca' i aros yma, ym Mhorth yr Aur. Hefo fy ffrindiau.'

CYFRES CARREG BOETH

Pregethwr Mewn Het Person
Hufen a Moch Bach
Buwch a Ffansi Mul
Babi a Mwnci Pric
Dail Te a Motolwynion
Ffydd a Ffeiar-Brigêd

CYFRES PORTH YR AUR

Cit-Cat a Gwin Riwbob
Bwci a Bedydd
Howarth a Jac Black
Shamus Mulligan a'r Parot
Eiramango a'r Tebot Pinc
Miss Pringle a'r Tatŵ
Er Budd Babis Ballybunion
Ifan Jones a'r Fedal Gee